우진 현대 판타지 장편소설
WISHBOOKS MODERN FANTASY STORY

다시 태어난 베토벤

다시 태어난
베토벤 4

우진 현대 판타지 장편소설

초판 1쇄 찍은 날 | 2019년 6월 13일
초판 1쇄 펴낸 날 | 2019년 6월 20일

지은이 | 우진
펴낸이 | 예경원

기획 | 위시북스
편집책임 | 이규재
편집 | 위시북스

펴낸곳 | 예원북스
등록번호 | 제396-2012-000132호
등록일자 | 2012. 7. 25
KFN | 제1-421호

주소 | 경기도 고양시 일산동구 호수로 646-24 위너스21II빌딩 206A호 (우)10401
전화 | 031-819-9431 팩스 | 031-817-9432
E-mail | yewonbooks@naver.com

ISBN 979-11-6424-330-3 04810
       979-11-6424-234-4 (set)

우진 현대 판타지 장편소설
WISHBOOKS MODERN FANTASY STORY

다시 태어난 베토벤

4

Wish Books

CONTENTS

20악장 8살, 입학   7

21악장 8살, 1학년   55

22악장 9살, 운명이 문을 두드렸다   163

23악장 9살, 불새   233

24악장 9살, 첫 콩쿠르   291

20악장

8살, 입학

12월 23일.

성탄절을 앞두고 루드 캣, 로스앤젤레스 필하모닉과 작별했다.

멋진 연주로 녹음을 도와주었던 롤랑 리옹은 언젠가 꼭 한 번 함께 연주하자며 손을 내밀었다. 과연 사카모토 료이치가 추천할 만한 클래식 기타리스트가 먼저 악수를 청하니 거절할 이유가 없다.

기꺼이 그의 손을 잡았다.

"학교 다니게 되면 지금처럼 장기간 프로젝트는 못 할지도 모르겠군."

사카모토의 말대로 그럴 것 같다.

이렇게 해외에 나와 몇 개월씩 일하는 건 아무래도 당분간

힘들 것 같다.

"방학 중엔 가능하니까요."

학기 중 일부와 방학 때는 최대한 지원해 주겠다는 외할아버지의 말도 있었으니 크게 걱정되진 않는다.

신경 쓰이는 일이 있다면 영재 학원이라고 갔던 두 유치원처럼 말만 번지르르한 곳이 아닐까 하는 정도.

사카모토 료이치가 빙그레 웃었다.

"분명 또 즐거운 일이 있을걸세."

"그러길 바라고 있어요."

학교를 다니는 건 이번이 처음이기 때문에 어느 정도 기대하는 바도 있다.

본 대학에서 청강을 한 것이 학벌이라고도 할 수 없는 배움의 전부였지만, 칸트와 실러의 이야기는 내 영혼을 충족시켜 주었다. 200년 가까운 시간이 흐른 만큼 분명 소중한 배움의 기회가 될 것으로 믿어 의심치 않았다.

"또 보지."

"또 봐요."

그렇게 사카모토와 악수를 하곤 이번 일을 마무리했다.

"꺄아아악!"

차르르르르륵-

인천 국제공항에 내리자 어김없이 기자들과 씨름을 해야 했다. 카메라 플래시를 있는 대로 터뜨려서 눈이 다 부실 지경이라 앞을 볼 수 없다.

히무라와 박선영이 없었더라면 분명 인파에 휩쓸려 압사당했을 것이다.

불쾌하여 인상을 썼는데, 곧 공항 근처에서 기다리고 계셨던 부모님과 만날 수 있어 기분이 풀렸다.

"도빈아!"

"엄마! 아빠!"

반가운 마음에 달려갔는데 어머니와 아버지께서 와락 끌어안아 숨이 턱 막혔다. 더 이상은 무리일 것 같아 버둥대니 그제야 두 분이 일어나 히무라와 박선영에게 인사를 했다.

"고생하셨어요, 히무라 씨. 선영 씨."

"별말씀을요. 고생은 도빈이가 했죠."

히무라가 내려다보며 말했다.

또 하나 해냈다는 생각에 나도 그도 웃었다.

"저녁에 초대하고 싶은데, 아무래도 빨리 돌아가고 싶으시겠죠?"

"아무래도요. 선영 씨도 가족과 오래 떨어져 있었으니까요.

저도 오늘은 이만 쉬고 싶네요. 조만간 찾아뵈어 인사드리겠습니다."

"네. 조심히 들어가세요."

어머니와 함께 히무라, 박선영에게 손을 흔들어주었다.

"우리도 돌아가자."

아버지의 낡은 차를 타고 집으로 향하는 길에 어머니께서 핸드폰으로 기사를 보여주셨다.

깔깔 웃으서서 뭔가 하고 봤는데. '천재 배도빈 귀국, 불편한 기색마저 귀여워'라는 모욕적인 제목의 기사였다.

'이 인간들이.'

사람이 기분이 안 좋을 때 멋대로 사진을 찍어 올리다니.

귀찮게 구는 것도 모자라 이런 기사 따위나 올리는 인간은 대체 어찌 생겨 먹었는지 얼굴이라도 확인하고 싶다.

그나저나 불과 삼십 분도 안 되어 이런 기사가 올라오는 건 참으로 신기한 일이다.

"비행기 타고 오느라 많이 힘들었지?"

"눈이 부셔서 어쩔 수 없었어요."

어머니께서 사진을 저장하셨고 아버지가 운전하는 도중에도 흐뭇한 시선을 보내셨다.

"이번에도 재밌었니?"

아버지께서 물으셨다. 멀리 여행을 하고 돌아오면 항상 물어

보시는 질문이다.

"네. 재밌었어요. 이번엔 롤랑 리옹이라는 기타리스트를 만났는데 태핑이라는 기술이 엄청났어요."

매일 통화를 나누었지만 이렇게 만나니 더욱 반가운 것이 가족.

그렇게 대화를 나누며 집으로 돌아왔다.

그리운 향기.

집 냄새를 물씬 느끼며 샤워를 하고 나오자 졸음이 슬슬 밀려들었는데, 나를 부르는 높은 목소리에 정신이 번쩍 들었다.

"오빠!"

채은이다.

"잘 지냈어?"

채은이가 고개를 있는 힘껏 저어 부정했다. 잘 못 지냈다는 것을 표현하고 싶은 모양이다.

"도빈이 보고 싶어서 얼마나 투정을 부렸는지 몰라."

옆집 아주머니의 말에 어떻게 반응해야 좋을지 몰라 조금 난감했다.

"오빠 이제 다른 데 안 가?"

"일단은."

내 대답이 마음에 들었는지 저녁 식사를 하는 내내 채은이의 표정이 밝았다.

다음 날.

아침부터 피아노를 치자고 조르는 채은이를 달래느라 혼났다. 다른 데 안 간다고 했는데, 하고 칭얼대서 오후에 돌아온다고 하며 초콜릿을 주니 겨우 진정했다.

할아버지와 만나기 위해서였는데.

어머니와 할아버지는 아직 어색한 것 같다.

차분하고 조용한 장소에 세 사람만 있는데 두 분이 어색해하니 분위기가 더욱 조용하다.

그래도 이렇게 어색하게나마 가족이 함께할 수 있어서 다행이다.

베를린에 있었을 때를 생각하면 정말 많이 발전한 것이다.

'무슨 일이 있었는지는 모르지만.'

"많이 컸구나."

"한창 자랄 때니까요."

"음? 하하하하. 그래. 그럴 때지."

식사가 나오면서 그간의 이야기를 나누었다.

"6월 출시라고 들었는데 벌써 작업을 마친 게냐."

"좋은 사람들이랑 있으니 생각보다 빨리 진행되었어요."

"문제는 없었고?"

"문제가 있어야 더 발전하더라고요."

불협화음과 마찬가지다.

내 대답이 만족스러웠는지 할아버지가 빙그레 웃었다.

"그럼. 사람은 항상 경쟁을 해야 발전하지. 다 컸구나."

뭔가 기분이 묘한 칭찬이다.

"그래. 네가 갈 학교에 대해서는 들었느냐."

"아직 이야기 안 해줬어요."

어머니께서 대신 답하셨다.

할아버지는 고개를 끄덕인 뒤 다시 나를 보고 본론을 꺼내셨다.

"한국 대학 부설 초등학교다. 대한민국의 최고가 될 사람들이 배움을 시작하는 곳이지."

확실히 좋긴 좋은 곳인가 보다.

"음악을 하고 싶다면 계속할 수 있게 도와주마. 악기부터 선생까지 최고로 준비했단다."

"음악도 배울 수 있어요?"

한글과 수학, 자연과학 그리고 철학 정도를 생각했는데 내 생각과는 조금 다른 모양이다.

"그럼. 네가 배우고 싶은 것은 모두 가르쳐 주마."

"도빈아, 음악도 좋지만 다른 것도 잘 배워야 해. 학교 공부도 열심히 해야 한다?"

"암. 내 손주가 학교 공부를 못 하면 안 될 일이지. 네 엄마도 학교 다닐 때 공부 하나는 참 잘했단다."

"······."

무엇을 배울지는 모르지만 조금 부담스럽다. 다른 것도 잘하면 좋겠지만 음악가인 내가 군이 그래야만 할까.

학교에 가는 걸 받아들인 이유는 어디까지나 현대 생활에 잘 적응하고 상식을 갖추는 정도인데, 할아버지는 크게 기대하는 모양이다.

"공부는 적당히 할게요."

미리 선을 긋는데 할아버지가 웃으셨다.

"그래. 네게 필요한 모든 걸 챙겨주마. 학교 다니면서 음악을 하고 싶다면 얼마든지 말하거라. 원한다면 한국 대학 오케스트라도 만나게 해주마. 베를린 필하모닉과 수준 차이가 나서 네가 바랄지는 모르겠지만 말이다."

"악단이요?"

"지휘자가 되고 싶은 게 아니냐?"

군이 지휘만 하고 싶은 건 아니지만 곡을 만드는 일만큼이나 매력적인 일이기도 하다. 수준이 높고 떨어지는 걸 떠나 한 악단을 지휘하는 경험은 앞으로 큰 도움이 될 것이다.

도리어 베를린 필하모닉과 같이 완벽한 곳이 아니라 지휘자로서 갖춰야 할 것에 대해 좀 더 경험할 수 있으리라.

'아무래도 많이 달라졌으니까.'

"또 아주 훌륭한 선생을 모셨단다."

"훌륭한?"

감히 그 어떤 인간이 날 가르칠 수 있겠냐만은 그런 사정을 모르는 할아버지께서는 정상 범주 안에서 많이 준비하신 듯하다.

"그래. 기대해도 좋을 게다. 참. 그리고 최지훈이라는 아이를 알고 있느냐?"

할아버지의 질문에 어머니와 나도 놀랐다. 최지훈을 언급하실 줄은 몰랐다.

"네."

"도빈이 친구는 어떻게 아셨어요?"

"그 아이 애비가 EI전자 최우철이지 않으냐. 이야기하다 보니 알게 되었지."

"아."

부잣집 아들이라더니 확실히 외할아버지와 아는 사이인 듯하다.

미국에 있는 동안에도 어머니 아버지께 종종 선물을 보냈다고 들었는데, 외할아버지와 친해서 그런 것 같다.

"그 아이도 한국 초등학교 피아노부에 있으니, 학교생활이 좀 더 재밌을 것 같지 않으냐?"

확실히 모르는 사람만 있는 것보다는 아는 사람이 있는 게 편할 테니까.

고개를 끄덕이자 외할아버지가 껄껄 하고 웃으셨다.

"그래. 친구는 많이 사귈수록 좋지. 그러나 도빈아."

갑자기 무게를 잡으신다.

"이 할아버지의 이름이든, 너 스스로 쌓은 이름이든 앞으로 정말 많은 사람이 네게 다가올 거란다. 학교 안에서도 마찬가지야. 공부도 좋지만, 나는 네가 그런 사람을 어떻게 대해야 하는지 알면 좋겠구나."

"걱정 마세요."

예나 지금이나 내게 접근한 사람은 정말 많았다.

말도 안 되는 소문도 정말 많이 나돌았고 심지어는 누구와 통정을 해서 숨겨둔 자식이 있다는 헛소리마저 나돌았다.

안톤 쉰들러처럼 욕망을 감추고 다가오는 사람을 판별하고 적으로 만들지 않되 거리를 두는 법이라면 잘 알고 있다.

"하하하하. 그래. 그래."

문득 궁금한 게 생겼다.

히무라나 다른 사람들이 나와 외할아버지의 관계를 들었을 때 놀랐던 이유에 대해서다.

그만큼 유명한 사람인가 싶었다.

"궁금한 게 있어요."

"뭐든 물어보렴."

"할아버지 유명해요?"

"음?"

"사람들이 다 놀라서요."

"유명하지. 도빈이가 크면 할아버지가 얼마나 대단한 사람인지 자연스럽게 알게 될 거란다."

"그리 대단해 보이지는 않는데."

조금 험상궂게 생겼다곤 하지만 내 예전 얼굴에 비해서는 유순한 편이다. 배도 나왔고.

"뭐, 뭐라."

"쿡쿡쿡쿡."

어머니께서 웃으셨는데 조금 당황했던 외할아버지도 헛기침을 하실 뿐 나중에는 호탕하게 웃으셨다.

어머니께서는 그런 외할아버지를 좀 더 놀리고 싶으신지 나와 장난할 때의 표정이셨다.

"할아버지가 도빈이 많이 사랑하시나 봐. 할아버지 말대로 할아버지 대단하니까 필요한 거 얼마든지 말씀드리렴."

"암. 얼마든지. 다 해주마. 하나뿐인 손자에게 내 못 해줄 게 뭐 있겠느냐."

필요한 거라.

막상 떠오르는 게 없었는데 예전 '부활'을 녹음할 때 이승희가 대여받았다는 뒤포르의 스트라디바리우스가 떠올랐다.

"바이올린 하나 사 주세요."

"바이올린?"

"네. 스트라디바리우스면 좋을 것 같아요."

"그래. 내 알아보마. 김 실장."

"네, 회장님."

"경매 나온 스트라디바리우스가 있는지 확인해 보도록."

김 실장이라는 사람이 외할아버지의 말을 듣고는 고개를 숙이고 방을 나섰다.

이승희에게 들었던 현시대의 스트라디바리우스 가격은 내가 상상하기 힘든 수준. 그런 것을 냉큼 사 주겠다고 하시니 우리 외할아버지 정말 부자이신 듯하다.

갓 다시 태어났을 때 귀족 집안에 태어났다고 착각했는데, 그 착각이 사실일 줄이야.

그렇게 식사를 하고 있는데 김 실장이 다시 들어와 할아버지의 귀에 대고 속삭였다.

"으음?"

"왜요?"

"아, 아무것도 아니다."

"왜요, 아버지? 손주 사랑 지극하시더니 너무 비싼가요?"

그간 한이 많았던 모양.

어머니께서는 외할아버지 놀리는 걸 참을 수 없으신 모양이다.

"그럴 리가!"

♪

[음악계를 떠들썩하게 했던 천재의 비밀]
[유명 음악가 배도빈과 WH그룹의 관계 밝혀지다]
[재벌가의 숨은 자식, 왜 지금에서야 알려졌나]

배도빈이 귀국한 지 얼마 되지 않아 대한민국은 발칵 뒤집혔다.

배도빈이 과연 어떤 학교로 진학할지에 대해 조사하던 한 기자가 밝혀낸 이 사실은 한 일간지를 통해 알려졌고, 배도빈 본인과 그 가족 그리고 유장혁 회장이 이에 긍정하면서 관련 일화는 일파만파 퍼져갔다.

이러한 내용에 대한민국 국민은 충격을 받았다.

그간 가난한 집에서 태어나 본인의 능력만으로 세계적 무대에서 활약한 줄로만 알았던 배도빈이 사실은 재벌가, 그것도 세계에서 손에 꼽히는 WH그룹, 유장혁 회장의 하나밖에 없는 손자라는 데에서 여러 말이 나올 수밖에 없었다.

사실 여부가 어떠하든.

지금까지 전 국민이 배도빈을 열렬히 응원하던 분위기였던데 반해 그를 시기하는 부류가 생긴 것이다.

    ㄴ와 놀랐다.

    ㄴ내 이럴 줄 알았어. 천재는 무슨ㅋㅋㅋㅋ 대여섯 살짜리 애한테 붙을 정도로 마에스트로란 이름이 가볍지가 않아요~ 지금까지 전부 다 언플이었네 ㅅㅂ.

    ㄴ알지도 못하면서 헛소리 자제 좀. 배도빈에 대한 평 좀 찾아보고 말해라.

    ㄴ그러니까 그게 다 돈 쥐어 주고 하는 거 아니냐고. 상식적으로 중학생, 고등학생도 아니고 학교도 안 들어간 애가 할 수 있는 일이 따로 있지. 천재는 개뿔.

    ㄴ응, 주작.

    ㄴ배도빈 연주회 가보긴 했냐? 그냥 잘하는 게 아니라 세계에서도 톱 수준이다. 우리나라 사람은커녕 세계에서도 배도빈이랑 함께하고 싶다는 사람 천진데 주작은 뭔 주작이야?

    ㄴ푸르트벵글러 그 꼬장 쩌는 할배가 인정한 배도빈이다. 그 아저씨도 WH그룹이 매수했다고? 그 아저씨 다른 곳에서 수십억씩 준다 해도 베를린 필에 남은 사람이야.

    ㄴ베를린 필처럼 자존심 강한 곳이 지휘를 맡길 정도면 이미 끝난 이야기임. 여기서 헛소리하는 애들 죄다 클래식이라곤 듣지도 않는 놈들이겠지.

└니가 뭔데 톱이래. 연주회 몇 번 다닌 걸로 아는 척 소름 돋네?

└도빈이 사진 넘 귀엽게 나왔다.

└심통 난 거 봐ㅠㅠ 심장에 안 좋다ㅠㅠㅠ

└지휘ㅋㅋㅋㅋㅋ 고작 한 번 했다고 과대평가 쩌넼ㅋㅋ

└이 와중에 얼빠 보게?

└애초에 작곡을 스스로 했는지 대리 작성을 했는지 어태 아는데? 활동 보면 거진 다 작곡이잖아.

└그런 곡 만들어서 자기 이름 파는 사람 있으면 빡대가리지, 븅신아. 저작권료만 해도 평생 놀고먹을 텐데.

└그러니까 유장혁이면 그런 거 사 줄 수 있을 거 아니야. 개인 재산만 81조인데. 애초에 러시아 포함해서 중국, 인도, 대한민국, 일본 아시아 금융권은 전부 장악하고 있고 전자기기 관련해선 고글이랑 같이 독점하고 있는 WH가 못 사 줄 게 대체 뭔데? 내가 보기엔 백퍼센트 주작임.

└이거 캡처함. 인생은 실전이야.

└도빈이 곧 학교 가네. 가방 멘 모습 보고 싶다아.

유장혁 회장과의 관계가 알려지면서 배도빈에 대한 관심이 더욱 뜨거워진 것은 사실이나.

그로 인한 반작용은 꽤 심했다.

관련이 없는 사람부터 WH그룹에 대한 안 좋은 감정을 가진 사람들까지 배도빈에 대한 부정적인 의견을 달았다.

이것을 예측하지 못한 유장혁이 아니었으나 기사를 막지 않은 데에는 배도빈의 반응이 한몫했다.

근거 없는 헛소리가 난무했음에도.

샛별 엔터테인먼트가 관리했음에도 스마트폰을 다루기 시작한 배도빈은 자연스럽게 그 악플을 접했다.

"······엄마 없다? 이건 뭔 말이지. 누나, 이게 무슨 뜻이에요?"

"뭔데? 헐."

'헐? 그건 또 무슨 말이야?'

"도빈아, 이런 거 보면 안 돼."

히무라와 박선영의 만류에 배도빈은 사촌형 배영빈에게 연락해 이해할 수 없는 댓글에 대해 물었다.

"도빈이가 상처받으면 어쩌죠?"

"어쩌긴. 많이 사랑해 줘야지."

유장혁과 유진희 배영준 부부 그리고 히무라 등 많은 사람이 배도빈의 정신 건강을 걱정하는 와중, 정작 본인은 너무도 태연했다.

"할 짓 없는 인간들이네."

"······도빈아, 괜찮은 게냐? 할아버지가 이 못된 놈들을."

"신경 쓰지 마세요. 저러고 살다 죽겠죠."

"······."

"그리고 할아버지를 할아버지라 하지 뭐라 하겠어요. 그냥 두세요. 괜찮아요."

"흐음."

"아, 근데 엄마 아빠랑 할아버지 욕한 사람들은 좀 잡아주세요. 걔들은 좀 심하더라고요."

"녀석. 할아버지 생각해 주는 게냐."

할아버지가 기특하다는 듯 내 머리를 쓰다듬으셨다.

'예로부터 부모자식 욕은 목 내밀고 하는 거지.'

외할아버지와의 관계가 드러나면서 뭔가 조금 시끄러워졌는데 굳이 신경 쓸 일은 아니었다.

자극적인 이야기를 좋아하는 건 예나 지금이나 똑같은 듯.

인터넷에 망상이나 헛소리를 써대는 신경을 이해할 수 없다. 이런 일은 지금이나 예전이나 똑같은데 그런 사람들을 상대하느라 내 귀중한 시간을 빼앗기기 싫었다.

다만 바쁜 할아버지가 그쪽에 공을 들이는 것도 그렇고 어머니 아버지께서 걱정하시는 것도 그리 유쾌한 일은 아니었다.

한편.

귀국 후에는 매일같이 채은이와 함께했다. 지금쯤 악보 정도는 읽을 수 있을 거란 예상과 달리 이번에도 악보 보는 법을 전부 잊어버리고 말았다.

그간 내가 가르쳐 준 것도 까먹고 오직 내가 연주해 녹음한 것만 듣고 연습했을 뿐. 너무도 편중된 재능이 도리어 매력적으로 다가왔다.

비록 악보도 못 보고 음악적 지식을 쌓을 생각은 눈곱만큼도 없지만 뛰어난 음감과 박자 감각으로 내 연주를 따라 한다.

정말 큰 문제는 단순히 내 연주를 따라 한다는 건데, 치고 싶은 대로 연주하라 해도 고개를 저을 뿐이다.

"오빠 피아노가 좋아."

라는 말로 답하니 어쩔 수 없을 뿐.

저 재능이 어떻게 꽃피울지, 언제 그 아름다운 잎을 만개할지 기다려진다.

♪

"……"

"……"

"……"

2월 둘째 주 일요일.

여독을 풀자마자 히무라, 박선영과 함께 또다시 미국으로 와버렸다.

미국에서의 일정이 너무도 길었기 때문에 다들 깜빡하고 있었는데 그래미상에 노미네이트되어 있었다는 걸 잊고 있었다.

솔직히 오고 싶지 않았다.

음식도 맛없고 말도 잘 안 통하는 곳이니까.

"이제 싫어어!"

"저도요."

"……그러게. 이번엔 조금 지치네."

입학도 얼마 남지 않았고 정말 필요한 일만 하고 돌아갈 생각이다.

"숙소에서 쉬다가 시상식만 끝내고 돌아가요, 히무라."

"그래. 그러자."

히무라와 이야기해서 최대한 일정을 줄였지만 어쩔 수 없이 정말 많은 사람을 만날 수밖에 없었다.

시상식 전날, 사카모토 료이치와 합류했다.

"금방 다시 보게 되었구만."

"그러게요."

"지친 모양인데, 어디 안 좋은가?"

본가가 미국에 있다는 사카모토 료이치는 아무렇지도 않아 보이는데, 나는 죽을 맛이다.

"사카모토 선생님, 건강하시네요."

"오. 블레하츠. 자네도 왔구만."

"친한 친구가 노미네이트되어서 말이죠. 놀러 왔습니다."

"하하하. 그렇구만. 아, 이쪽은."

"알고 있습니다. 천재 배도빈. 베를린 필에서는 꼬마 악마라 부른다지요?"

"하하하하! 도빈 군이 워낙 깐깐해야지. 사실 이번 작업 함께할 때 나도 고생깨나 했다네."

"하하하!"

'뭐라는 거야.'

두 사람이 영어로 대화를 하는데 조금도 알아들을 수 없었다.

"도빈 군, 인사하게. 이쪽은 미카엘 블레하츠. 내가 가장 사랑하는 피아니스트지."

"반가워, 도빈 군."

미카엘 블레하츠라는 남자가 손을 내밀어 악수를 청했다.

사카모토 료이치가 가장 사랑하는 피아니스트라니, 어떤 연주를 하는지 무척 궁금해졌다.

"반가워요, 블레하츠."

악수를 나누었다.

"가장 사랑하는 피아니스트였다고 소개하는 게 맞지 않습니까? 요즘 보니 가장 총애하는 사람은 도빈 군 같던데."

"짐! 자네 괜찮은가!"

'짐?'

블레하츠와 인사를 나누고 있는데 뒤에서 푸근한 인상의 남자가 웃으며 다가왔다. 40대 정도로 보이는 남자인데 그 인자한 얼굴과 달리 눈만큼은 강렬히 빛났다.

"이제야 겨우 다닐 만하네."

미카엘 블레하츠와 인사를 나눈 그가 내게도 인사를 건넸다.

"오늘 볼 수도 있을 거라 생각했지만 이거 정말 반갑군. 한스 짐이라고 한다."

"아."

본래 블랙 나이트 트릴로지의 음악 감독이었던 사람. 3편인 인크리즈에서도 내정되어 있었지만 건강이 나빠져 나를 추천했다던 한스 짐인 모양이다.

블랙 나이트의 1편과 2편을 보면서 그의 음악에 크게 감격했는데, 이렇게 반가울 수 없었다.

"반가워요, 짐. 정말 반가워요."

"하하하하! 이거 이렇게나 기뻐해 줄 줄이야."

건강이 많이 안 좋았다고 들었는데, 다행히 회복한 듯, 겉으로 봐서는 멀쩡해 보였다.

"블랙 나이트의 오리지널 스코어는 최고였어요."

진심이었다.

"나는 인크리즈가 최고라 생각했는데 이거 생각이 갈리는군. 하하하!"

유쾌한 사람이다.

그러나 음악을 이야기할 때는 눈빛과 자세가 완전히 다른 사람 같았다.

사카모토 료이치는 한스 짐과 미카엘 블레하츠 그리고 나를 LA에 있는 자신의 본가로 초대했다.

피곤하기도 하고 내일 일정도 있었지만 사카모토 료이치, 블레하츠 그리고 나는 피로를 못 느끼고 돌아가며 피아노를 연주했다.

밤새도록 음악에 관련한 이야기를 나누었으며 서로의 곡에 대한 감상을 나누었다.

너무도 날카로운 눈을 가진 사람들이었고 나도 칭찬에 인색한 편이지만 서로의 단점을 꼬집는 말은 한 번도 나오지 않았다.

그만큼 진심으로 서로를 인정하고 있다는 것.

특히 블레하츠의 쇼팽을 듣고는 깜짝 놀라고 말았다. 사카모토 료이치 외에도 이렇게 훌륭한 피아니스트가 있다는 사실이 너무도 기뻤다.

빈틈없는 연주를 기반으로 한 그의 피아노는 악보에 충실하면서도 그 깊이를 잘 이끌어냈다.

지금까지 내가 직접 본 현대인 중 피아노를 가장 잘 치는 사카모토 료이치가 가장 사랑한다고 할 만했다.

더불어 한스 짐의 음악적 철학관은 그가 독일어를 할 줄 알아서 너무도 다행이란 생각이 들 정도였다.

"이거 일곱 살짜리한테 한 수 배울 줄은 몰랐는데."

그건 나도 마찬가지다.

40대 젊은이에게 이렇게나 감명받을 줄은 몰랐다.

다음 날.

밤을 새워가며 이야기를 한 탓에 점심이 되어서야 일어났다. 사카모토의 집을 둘러보니 사카모토와 블레하츠, 한스 짐은 이미 떠났는지 보이지 않았다.

'다들 부지런하네.'

아침은 무엇을 먹을까 생각하며 느긋하게 핸드폰을 열었다. 히무라와 박선영이 기다리고 있을 테니 데리러 와달라고 전하려는데, 이미 몇 개의 메시지가 도착해 있었다.

일어나면 전화하라는 히무라와 박선영의 문자가 꽤 많이 와있었다.

일단 목이 타는 탓에 물을 마시기 위해 냉장고로 향했다.

냉장고 앞에는 사카모토 료이치가 남긴 메모가 있었다.

충분히 쉬다 오게. 먼저 가 있도록 하지. 혹시 배가 고프면 냉장고 안에 있는 샌드위치를 먹도록 하고.

-사카모토

친절한 사람이다.

시원한 물을 마시고 정신을 차린 뒤 히무라에게 전화를 걸었다.

-도빈이니?

"네. 일어났어요."

-곧장 갈게. 사카모토 선생님 댁이지?

히무라의 목소리가 조금 다급하게 느껴졌다. 메시지를 왜 그렇게 많이 보냈나 싶었는데 목소리를 들으니 뭔가 늦은 것 같았다.

'시간이⋯⋯.'

시계를 확인해 보니 시상식까지는 아직 시간이 많이 남았다.

"무슨 일 있어요? 시상식까진 아직 많이 남았잖아요."

-응. 이것저것 준비할 게 많아. 조금 늦을지도 모르겠네. 일단 네 메이크업부터 해야지.

"메이크업이 뭐예요?"

-일단 가서 이야기하자.

히무라가 전화를 끊었다.

아무래도 늦잠을 잔 듯.

다른 사람도 이미 나간 걸 보면 그런 느낌이 없지 않아 있는데, 일단 할 수 있는 일이 없기에 샌드위치를 먹었다.

얼마나 흘렀을까.

박선영이 찾아왔다.

"도빈아!"

"네."

"세상에. 아직 씻지도 않은 거야? 내가 못 살아. 이리 와봐."

"아니. 잠."

"시간 없어. 어서."

박선영에게 이끌려 세면대 앞에 서자 그녀가 내 얼굴을 물로 문대기 시작했다.

"잠. 컥."

"입 닫아. 눈 감고."

여성이 씻어주는 상황은 좀 더 선정적일 거라 생각했는데 이렇게 고통스럽고 굴욕적일 거라곤 전혀 몰랐다. 양치질과 머리까지 대신 감겨준 그녀가 머리를 급히 말려주곤 내 손을 잡고 뛰기 시작했다.

"대표님, 출발!"

"히무라, 잘 잤어요?"

"그래. 뒤에 샌드위치 있으니까 먹어."

'……많이 늦었나 본데.'

두 사람 다 내 말은 조금도 안 듣는다.

사카모토의 샌드위치도 맛있지만 양이 적었던 게 흠. 베이컨과 상추 그리고 토마토가 들어간 샌드위치를 먹다 보니 미용실 같은 곳에 이르렀다.

박선영이 뭐라 뭐라 말을 하는데 갑자기 내 머리와 얼굴을 자기들 마음대로 농락하기 시작했다.

"잠깐만. 히무라, 이거 뭐 하는 거예요?"

"메이크업해야지. 시상식에 나가는데 그냥 갈 수는 없잖아."

'아니 이 무슨.'

"진하지 않게 자연스럽게 해주셔야 해요. 과하지 않게."

"알아요, 미스. 워낙 귀여워서 조금만 손대면 될 것 같아요. 피부도 너무 좋네요."

'뭐라는 거야.'

치덕치덕 로션 같은 걸 바르더니 이제 어머니께서 가끔 하시는 화장을 해대기 시작.

조금 짜증이 났지만 히무라와 박선영이 필요하다고 하니 참기로 했다.

'그 거지 같은 가발 쓰는 꼬락서니도 참았으니까.'

뽀글뽀글한 가발을 쓰던 18세기의 유행은 정말이지 최악이었다.

2013년 2월.

대한민국의 한 음악 방송국은 세계에서 가장 권위 있는 음악 시상식을 독점 생중계하였다.

배도빈을 향한 국민적 사랑은 폭발적이었고, 그들은 블랙 나이트 인크리즈의 기록적인 성적에 힘입은 배도빈이 2회 연속 수상하길 바랐다.

-안녕하십니까. 세계 최고의 음악 축제, 제55회 그래미 시상식 중계를 맡은 박형욱입니다. 저와 함께 소식을 전달해 주실 김지철 평론가께서 나와주셨습니다. 안녕하세요.

-네. 안녕하세요. 김지철입니다.

-작년에 이어 정말 기쁜 소식이 있다죠?

-네. 작곡가이자 바이올리니스트인 배도빈이 이번에도 두 개 부문에 노미네이트되었다는 소식입니다.

-예. 정말 대단한 일인데요. 이 그래미 시상식이 얼마나 대단한지 설명해 드려야 할 것 같네요.

-정말 대단하죠. 그래미상을 받은 음악가를 소개할 때 다른 어떤 말보다 그래미 위너라는 말이 앞서 붙는 것만으로도 그 위상을 짐작할 수 있습니다.

-배도빈은 그 대단한 상을 작년에 세 개 부문에서 수상했고요.

-그렇습니다. 아, 마침 시상식이 시작되었군요. 현장 확인하

면서 이야기하시는 게 어떨까요?

　화면이 돌아가자 개막을 축하하는 테일러 리타의 공연이 시작되었다. 2012년 최고의 싱어송라이터로 활동한 가수의 컨트리한 곡이 감미롭게 들렸다.

　ㄴ테이 개이쁘네 진짜
　ㄴ노래 좋다.
　ㄴ다 필요 없고 배도빈 언제 나오냐?
　ㄴ이거 처음 봐서 모름.
　ㄴ본상에는 후보로 없던데 그럼 안 나오는 거 아님?
　ㄴ나올걸? 안 나오면 말이 안 되지.
　ㄴ인터뷰라도 하겠지. 독점 중계했으면 그 정도 신경은 쓸 듯.

　사회자가 유명 가수, 음악가를 언급할 때마다 화면에 그들의 밝은 모습이 담겼다.

　ㄴ와 뭐냐? 다 아는 사람들이네;;
　ㄴ그래미가 달리 그래미냑ㅋㅋ
　ㄴ왈ㅋㅋ 알톤 존, 저 할배 아직도 개쩌넼ㅋㅋㅋ

전설적인 인물들이 차례로 화면에 잡히자 채팅창과 인터넷 커뮤니티 사이트는 난리가 났다.

배도빈 때문에 평소 그래미 시상식 중계를 보지 않았던 사람들도 많이 유입되었는데, 그들에게는 신세계가 달리 없었다.

배도빈을 기다리는 사람들은 베스트 팝 솔로 퍼포먼스 부문 시상을 보며 채팅을 나누었다.

┗배도빈은 어디어디에 노미네이트 된 거임?

┗이번엔 본상에는 못 듬.

┗8살에 퇴물된 거임?

┗애기한테 못 하는 말이 없네 미친놈이.

┗베스트 스코어 사운드트랙에 노미네이트되었네.

┗그게 뭔데?

┗그게 모임?

┗근데 본상 아니면 중계 안 되는 거 아님?

┗Best score soundtrack for visual media. 번역하면 비주얼 미디어 작곡상이라고 보면 됨. 게임이든 애니든 영화든 다 포함되는 걸로 알고 있음.

┗Best instrumental composition에도 올랐네.

┗인크리즈로 된 건가 보네.

┗영화 성적으론 세이버즈가 더 잘 나오지 않았냐?

ㄴ세이버즈 OST 맡았던 사람은 노미네이트 안 됨.

ㄴ그럼 상 탄 거네.

ㄴ탄 거네 ㅇㅇ.

ㄴ영화 흥행 성적으로 결정하는 거 아님. 애초에 그럼 왜 세이버즈가 노미네이트 안 되었겠냐?

ㄴㅋㅋㅋㅋㅋ돈으로 매수했겠지ㅋ WH그룹 돈 많다~

ㄴ아직도 이런 놈 있네.

ㄴ채팅방 관리 좀.

ㄴ근데 이거 원래 이렇게 오래 함? 벌써 3시간 지났는데.

ㄴ그러게 뭐지.

ㄴ모든 부문 중계 안 될걸?

ㄴ??????

ㄴ설마 그러겠냐.

ㄴ?

ㄴ대체 방송이라도 하겠지. 설마 안 하겠냐. 배도빈 나올 것처럼 말했잖아.

ㄴ나온다곤 말 안 함.

3시간 동안 배도빈이 나오길 기다렸던 사람들이 채팅방에 방송국 욕을 하기 시작했다.

ㄴ오케이. 그럼 인터뷰라도 따자.

ㄴㅇㅇ 그렇게라도 하자.

ㄴ그 정도는 해줄 수 있잖아.

ㄴ도빈이 보려고 밤새워서 3시간이나 기다렸는데ㅠㅠㅠㅠ

ㄴ아……. 미치겠네, 진짜. 이거 보려고 약속도 안 잡았는데. 개우울하네.

그렇게 점점 체념하기 시작한 사람들이 늘어나고 있을 때 누군가 링크를 올렸다.

ㄴ야, 배도빈 인방 켰다. [링크]

ㄴ분위기 보고 말해라. 진짜.

ㄴ구라치지 마, 미친놈아. 안 그래도 빡치는데.

그러나 배도빈이 인터넷 방송을 켰다는 이야기가 커뮤니티 게시글로 계속해서 올라왔고, 혹시나 싶어 해당 링크로 접속한 사람들은 꽃을 잔뜩 안고 있는 배도빈을 볼 수 있었다.

그의 손에는 꽃 말고도 기념패도 있었다.

핸드폰으로 찍는 모양인지 화질이 그렇게 좋지는 않았지만 누가 봐도 배도빈이었다.

"이제 말하면 되는 거예요?"

"응. 시작했어. 사람들 들어오기 시작했으니 말해도 돼."

"음……. 안녕하세요. 배도빈입니다. 로스앤젤레스 스테이플스 센터에 있어요."

    ㄴ왈ㅋㅋㅋ 중계 안 해주니 직접 방송하는 클라쓸ㅋㅋㅋ

    ㄴ와 귀여운 거 봐 ㅠㅠㅠ 오늘따라 귀염 터진다 진짜ㅠ

    ㄴ끄아악 뽀짝이 좀 봐ㅠㅠ

    ㄴ화질 좀 높여주세요.

"어……. 무슨 말 해야 해요?"

"팬 분들한테 하고 싶은 말 없어?"

"항상 제 곡 들어주셔서 감사합니다. 덕분에 얼마 전에 아빠 차 사드렸어요. 곧 사고 날 것 같았거든요."

"그, 그런 말 말고."

"고맙다는 말도 안 돼요?"

"차 샀다는 말이 안 된다는 거야. 자랑하는 거 같잖아. 그냥 상 받아서 좋았다거나 영광이었다는 말이면 돼."

"별로 안 기쁜데."

"아, 진짜. 목소리 이미 다 나갔잖아. 난 몰라."

    ㄴ도랏ㅋㅋㅋㅋㅋ 별로 안 기쁘댘ㅋㅋㅋㅋㅋㅋ

ㄴ계속 조공할 테니 연주회 좀 많이 해줘ㅠㅠ

ㄴ아암. 본상 안 줘서 화난 거지.

ㄴ아! 진짜 너무 귀여워ㅠ 아빠 차 사 드렸댈ㅋㅋ 미쳤다 진짴ㅋㅋㅋㅋ

ㄴ매니저 극한 직업ㅋㅋㅋㅋ 포기했얼ㅋㅋㅋㅋ

ㄴ이거 소감 말하려고 킨 방송이 아닌 거 같은덷ㅋㅋㅋㅋ

ㄴ우리 도빈이가 아빠 차 좀 사 드릴 수도 있지. 왜 말려요. 말리지 마요

"어. 아무튼 정말 고맙습니다. 한국에서 많이 기다리고 계셨는데 중계가 안 되었다고 해서 이렇게 인사드려요."

배도빈이 고개를 숙여 인사하자 채팅방이 다시 한번 폭발했다. 새벽까지 기다렸던 그들의 불만은 배도빈의 귀여운 인사로 씻은 듯이 날아갔다.

배도빈에 대해 조금 부정적이었던 반응도 2년 연속 그래미 상을 수상한 업적과 팬들을 위해 개인 방송까지 한 점으로 많이 완화되었다.

반면 독점 중계권을 가졌으면서도 기자조차 파견하지 않았던 음악 방송국에 대해서는 비난의 여론이 끊이질 않았다.

♪

미국에서 정신없던 일정을 마치고 돌아왔다.

다시는 시상식에 가지 않겠다고 다짐했는데, 어머니 아버지께서 좋아하시는 걸 보니 그럴 수도 없을 것 같았다.

입학식 날.

일찍 일어나 학교 갈 준비를 마쳤다.

어머니께선 나보다 더 분주해 보였다.

-3월을 맞아 전국 초·중·고등학교에서 입학식이 열렸습니다. 특히 초등학교에 갓 입학한 햇병아리들은 설레는 첫 발걸음을 내디뎠습니다. 이유리 기자의 보도입니다.

햇병아리라.

"도빈아, TV 그만 보고. 이 닦았니? 편지는?"

"네. 닦았어요. 편지도 주머니에 넣었고요."

"늦겠다. 서두르자."

"네."

할아버지가 보내준 차를 타고 한국 초등학교로 향했다.

얼마나 지났을까.

빼곡하게 있던 건물들이 차츰 줄어들었다. 그러곤 높은 벽이 보였는데 족히 수백 미터 이상 달린 것 같은데 끝날 기미가 없었다. 아마 군사적 목적으로 만든 것 같은데 그런 것치곤 꽤 고급스러워 보여 이상하게 여길 즈음. 벽 너머로 우뚝 솟은 궁전이 눈에 들어왔다.

'샤를로텐부르크?'

빈의 호프부르크 왕궁이나 베를린의 샤를로텐부르크 궁전이라도 본 것 같다.

믿기지 않아 눈을 비비는데 어머니께서 창밖을 보시면서 추억에 잠기셨다.

"정말 오랜만이다. 도빈아, 저기 보여? 도빈이가 다닐 학교가 저기야."

세상에 정말 많이 바뀌긴 한 모양.

학교라는 게 이렇게까지 사치스럽고 광활한 시설일 줄은 몰랐다.

길고 긴 벽을 지나 마침내 나온 정문.

내리려고 문을 잡았는데 어머니께서 깜짝 놀라시며 붙잡았다.

"도빈아, 어디 가려고?"

"내리려고요."

도착했으니 당연히 내리려는 건데 어머니께서 깔깔 웃으셨다.

"여기서 내리면 도빈이 지각해. 조금만 기다리자?"

영문을 알 수 없었는데 이내 무슨 말씀이신지 이해할 수 있었다. 정문에서 걸었으면 아마 도착하기 전에 포기했을 거다.

차르르르륵-

차에서 내리자마자 기자들과 카메라가 달려들었다.

경호원은 무슨 경호원이냐고 반대했는데, 할아버지가 이들을 붙여주지 않았더라면 큰일 날 뻔했다.

"도빈 군, 입학 소감이 어떻습니까?"

"어머님, WH그룹과 한때 연을 끊으셨다는 게 사실입니까? 승계 의지는 어떻게 되십니까?"

'대체 무슨 난리야?'

적당히 대답하고 무례한 인간에겐 경호원이 붙으면서 다행히 건물 안으로 들어갈 수 있었다. 안에서도 이목이 집중되었지만 달려드는 사람은 없었다.

어머니와 함께 교장실로 향했다.

"오시느라 고생하셨어요. 도빈이는 TV보다 잘생겼네?"

"안녕하세요."

"안녕하세요."

나이가 지긋하고 안경을 쓴 여성이 우리를 반겼다.

"잘 부탁드려요, 선생님."

"그럼요. 도빈이 같은 학생이 입학해 주어서 저희로서는 너무나 고마운걸요."

어머니와 교장이 대화를 나누는 도중 창문 밖으로 다른 아이들이 어디론가 향하는 걸 보았다. 교장실이 꽤 높은 곳에 있어 꼬맹이들이 더 작게 보인다.

"과찬이에요. 도빈이가 사실 음악을 하다 보니 제대로 된 교육을 아직 못 받아서요. 또래 친구도 사귀어본 적이 많이 없어서 잘 적응할지 걱정이네요."

"분명 잘 적응할 거예요. 도빈이 같은 천재를 대상으로 한 교육 커리큘럼이 따로 있으니까요. 반도 비슷한 아이끼리 배정될 테고요. 너무 심려치 마세요."

"그럼 다행이지만."

"도빈이처럼 훌륭한 학생은 있어주는 것만으로도 저희에게 큰 도움이 되죠. 회장님 말씀도 있으셨고 각별히 신경 쓸 예정이에요."

재단이 WH그룹의 후원을 받는다더니, 교장도 어지간히 신경 쓰는 모양이다.

"네. 잘 부탁드려요."

"참. 그리고 먼저 부탁드렸던……."

"네. 외우진 못했는데."

"호호. 괜찮아요. 보면서 읽는 거니 부담 없이 하시면 돼요. 걱정 말고 편하게 읽으면 된단다, 도빈아."

그렇게 간단히 대화를 나누다가 교장이 시간을 확인했다.

"그럼 입학식장으로 가실까요? 슬슬 시간이 되어서."

"그래야겠네요. 도빈아."

"네."

교장을 따라 걷다 보니 조금 전 다른 아이들이 향했던 곳에 도착했다. 식장이 웅성거리는데, 애들이 하는 말을 언뜻언뜻 들을 수 있었다.

"귀엽다."

"쟤가 WH그룹 후계자래."

"그럼 친하게 지내야겠네?"

"왜?"

"아버지가 WH랑 EI 쪽 사람과는 친하게 지내라고 하셨어."

'어린놈들이 벌써부터 못된 것만 배워가지고.'

저번에 유치원에 갔을 때도 느꼈고 지금도 그렇고 도무지 요즘 애들은 아이 같지 않다. 여덟 살 먹은 애들의 대화는 아닌 듯한데 이게 다 교육의 문제.

정상적인 사고가 박힌 놈들이 없는 모양이다.

"도빈아, 그럼 잘 있어. 엄마 뒤에 있을게."

"네."

줄을 서고 기다리자 교장 선생이 단상 위에 올라섰다.

"안녕하세요, 여러분."

"안녕하세요!"

"오늘 긴장과 설렘 속에 첫발을 내디뎠을 겁니다. 학교에 가면 어떤 친구를 만날지, 어떤 걸 배울지 많이 궁금할 것 같아요. 앞으로 여러분은……"

나중에 혹시 수면용 음악을 만든다면 교장 선생의 목소리와 억양을 분석해야 할 듯하다.

"자, 그럼 다음으로 입학생 대표 배도빈 군과 재학생 대표의 편지 낭독이 있겠습니다. 배도빈 군은 단상 위로 올라와 주세요."

"……."

"……."

"……도빈아!"

어느새 잠들었던 모양.

어머니의 목소리가 들려 눈을 뜨고 뒤를 돌아보니 다급히 정면을 가리키셨다.

"도빈 군이 살짝 긴장했던 모양입니다. 모두 친구에게 박수를 보내주세요."

"아하하하하!"

짝짝짝짝짝!

'아.'

뭔가 했더니 편지를 읽을 차례가 된 듯하다.

일어서 앞으로 나가며 주머니에 손을 넣었는데.

'음?'

없다.

분명 넣어두었는데 어디엔가 흘린 듯, 다른 주머니를 찾아도 없었다. 어쩔 수 없이 그냥 올라섰다. 멀리서 마주 보고 있는 어머니가 무엇인가를 들고 흔들어 보이셨다.

'저기 있구만.'

"자, 입학생 대표 배도빈 군의 편지 낭독이 있겠습니다."

"……."

다시 저기까지 가서 받을 수는 없으니 그냥 생각나는 대로 말해야겠다.

"여기서 보니 귀여운 게 다들 햇병아리들 같네요. 무럭무럭 자라나서 훌륭한 사람이 되길 바랍니다."

"……."

"……."

"……그럼 재학생의 답장을 듣겠습니다. 멋진 덕담을 한 배도빈 군에게 다들 박수 보내주세요."

짝짝짝.

처음보다 박수 소리가 작아졌다.

초등학교라는 곳은 과연 기초 교양을 쌓는 곳이었다.

"자 첫 번째로 우리가 배울 건 세어보기예요. 무엇을 세어보느냐? 연필의 수를 세어보고 친구 수를 세어보는 거예요."

"바른 자세로 낱말을 읽고 쓸 수 있도록 살펴보도록 해요.

먼저 바르게 듣는 자세를 배울 거예요."

"오늘 우리가 공부할 내용은 알파벳 A에서 F까지예요. OK, Let's get study. The first started⋯⋯."

햇병아리들을 가르치기 위한 내용답게 학습 내용은 너무도 쉬웠다.

'이런 걸 들으려 입학한 건 아니지만.'

스승에 대한 존경의 의미로 수업 시간에는 충실하기 위해 노력했다.

"안녕."

쉬는 시간.

수업 사이마다 배치된 이 합리적인 시간에 같은 반 햇병아리 하나가 다가왔다.

물끄러미 보고 있자니 자기소개를 한다.

"다래해운의 이경민이라고 해. 너희랑 친하게 지내는 곳이야. 우리 아빠 이름 들어봤지?"

200년이 흘렀는데도 멍청한 귀족가 자제와 조금도 다르지 않다. 자기를 소개하는 척하지만 어디 소속인지를 말할 뿐 본인에 대해서는 말하지 않는다.

"뭐, 잘 지내자고."

"으, 응!"

"나두. 나두 도빈이랑 인사할래."

한 번 인사를 받아주니 병아리들이 하나둘씩 모여들었다.

외할아버지의 말대로 정말 나와 친하게 지내라고 시키기라도 한 모양인지, 저마다 자기가 어디 집 아이라고 소개했다.

그러는 와중에도 가장 먼저 말을 텄다는 데 자부심이라도 가지는지 '너는 안 돼'라는 햇병아리를 보곤 기가 찼다.

"비켜. 도빈이 귀찮게 하지 말고."

그때 또 한 병아리가 나타나 다래해운집 아들내미를 밀쳤다.

"안녕. 김정민이라고 해."

"그래."

"다들 애들이라 좀 귀찮지? 우리가 이해를 해줘야 할 것 같아. 수업도 너무 기초적인 것만 하고. 다들 우릴 너무 애처럼 대하는 것 같아."

그렇게 말하는 자기도 애면서 저는 다른 애들과 조금 다른 줄 아는 모양이다.

"하핫."

어이가 없어 웃고 말았다.

그런데 그게 자기 말에 동조한 거라 생각하는 듯, 김정민이 신나서 말을 계속했다.

"수업 내용도 너무 수준 떨어지지 않아?"

"평범하다 생각하는데."

"하지만 우린 평범하지 않잖아."

이 시대는 계급이 없는 자유롭고 이상적인 곳이라 생각했던 예전과 달리, 여전히 돈과 권력으로 돌아가고 있음은 알고 있다.

그러나 이렇게 어린아이들까지 자신들을 스스로 '다른 신분'으로 생각하고 있을 줄은 몰랐다.

대체 가정에서 뭘 가르치는 걸까.

이 무지하고 불쌍한 아이들을 가르친 부모 얼굴에 토악질이라도 해주고 싶다.

"그래. 나는 평범하지 않지."

내 말을 들은 김정민이 그제야 아이답게 환하게 웃었는데, 애는 애다. 내 말뜻을 제대로 이해하지 못하는 듯하다.

"우리 친하게 지낼 수 있을 것 같지 않아?"

"글쎄."

피곤하다.

"나도 학교 갈래."

"채은이도 여덟 살 되면 갈 수 있어. 오빠 학교 가야 하니까 떼쓰지 말자?"

채은이가 어쩔 수 없이 손을 흔들어 배웅을 해주었다.

매일 아침 겪는 일이었는데 차라리 나도 집에서 피아노나 치고 싶은 심정이었다.

건물 앞에서 내리면 항상 기자들이 있었고 교실에 있어도 다른 반 또는 다른 학년 아이들이 나를 감싸고 관심도 없는 이야기를 해댔으니까.

어떤 기사를 올리든 뒤에서 뭐라 떠들든 상관하지 않지만 화장실조차 제대로 다니지 못하게 하는 환경에 지쳐갔다.

그나마 최지훈이 놀러 오면 주변에 사람이 적어져 매일 문자로 녀석을 호출했다.

[어디야?]

[계단!]

[빨리 와.]

[내가 그렇게 보고 싶어?]

[응.]

[ㅠㅠ감동이야ㅠㅠ 나만 친하다고 생각하는 줄 알았어.]

[살려줘.]

그렇게 가끔 최지훈과 함께 피아노 이야기를 나누다가도 지칠 수밖에 없었는데 병아리들이, 하물며 교사들마저 내게 너무 많이 신경 쓰기 때문이었다.

"회장은 누가 하는 게 좋을까?"

"도빈이요!"

"도빈이가요!"

"도빈아, 친구들이 이렇게 바라는데 회장 해보지 않을래?"

들어보니 학급 학생회의 장 역할을 하는 모양인데 귀찮기도 하고 그럴 시간도 없을 것 같았다. 지금은 얌전히 학교만 다니고 있지만 언제 또 무슨 작업을 할지 모르니까.

'곧 앨범 작업도 들어가야 하고.'

티를 내고 싶지 않았지만 어쩔 수 없었다.

"앨범 작업 때문에 결석할 때도 있을 테니 어려울 것 같아요."

"와……."

'와는 무슨.'

반 아이들이 작게 감탄했다.

"그렇구나. 어쩔 수 없지. 그럼 투표로 뽑도록 하자. 혹시 회장 하고 싶은 사람?"

두 명이 손을 들었다.

종이를 나눠 받고 후보 중 그나마 똑똑해 보이는 녀석의 이름을 써 제출했다.

'이게 선거로구나.'

참으로 아름다운 형태의 정치 체계가 아닐 수 없다.

21악장
8살, 1학년

아름다운 정치 체계는 개뿔.

이건 개인에 대한 폭력이다.

김정민 1표

배도빈 16표

이승석 2표

"어머."

'이래서 꼬맹이들이 싫어. 무슨 짓이야?'

후보도 아닌 내게 표가 쏠려 버렸다.

"여러분, 도빈이는 후보가 아니라서 이름을 적으면 안 돼요."

"도빈이가 젤 잘할 거 같아요."

"도빈이가 좋아요!"

담임교사가 차분히 설명했지만 아이들은 좀처럼 인정하지 않았다. 난감하다는 듯 있던 교사가 내게 물었다.

"친구들이 이렇게나 바라는데 해보지 않을래?"

"투표가 잘못되었잖아요. 그럼 안 돼요."

민주주의란 신성한 것. 비록 득표는 많이 했지만 후보조차 아닌 내가 할 수는 없는 법이다.

그래서 결국에는 이승석이 회장, 김정민이 부회장이 되었는데 피곤한 일은 이뿐만이 아니었다.

"도빈아, 이거 이렇게 연주하는 거 맞니?"

음악 시간.

음악 교사가 피아노를 연주하며 아이들에게 동요를 가르치다가 조심스레 연주에 대해 물었다. 이것저것 말할 것도 없어서 심드렁하게 반응했는데 그다음 수업부터는 녹음된 CD를 틀었다.

또 다른 일은.

"그래서 맷돌이 계속 돌아가 소금이 나왔고 바다는 짜게 되었답니다. 도빈아, 여기서 얻을 수 있는 교훈이 뭘까?"

동화를 읽는 시간인데 담임교사가 대뜸 나를 지목해 짧은 판타지 소설이 전하고자 하는 교훈에 대해 물었다.

'교훈?'

가난한 농부에게 주어진 보물을 김부자가 훔쳐 배를 타고 도망갔는데, 소금이 너무 많이 나와 배가 가라앉았다는 이야기.

'물건을 훔치면 안 된다?'

'기다릴 줄 알아야 한다. 안전한 곳에서 맷돌을 돌렸다면 빠져 죽지 않았을 테니까?'

'소금이 그때 비쌌나?'

여러 생각이 떠올랐지만 무슨 대답을 원하는지 몰라 내 생각을 모두 말했다.

"다들 도빈이에게 박수 보내주세요. 도빈이처럼 다양한 생각을 할 수 있어야 해요."

짝짝짝짝짝.

"도빈이 대단해!"

"멋있어!"

'아니, 대체 뭐가 대단하다는 거야.'

"칫. 나도 잘할 수 있는데."

그 외에도.

"도빈아, 시험 보느라 힘들었지?"

"별일 아니었어요."

"고생했어. 엄마가 카레 만들어놨으니까 어서 먹자."

식탁에 앉아 채점을 받은 시험지를 어머니께 보여드리자 어머니께서 크게 기뻐하셨다.

"어머. 도빈아, 전부 백 점이잖아?"

"문제가 쉬웠어요."

"어쩜. 한글도 제대로 못 배워서 걱정했는데. 우리 도빈이 너무 장하다. 열심히 했구나? 오구구."

"……."

어머니도 교사도 병아리들도.

진짜 별것 아닌 걸 가지고 다들 똑똑하다, 천재다 추켜세우니 다들 나를 놀리고 있는 건가 싶을 정도였다. 유난 떨지 말라 해도 다들 겸손하다며 더 난리를 피우니 점점 더 그런 상황에 짜증이 났다.

"잘해서 그런 건데 기분 안 좋아?"

"잘하긴 개뿔. 모르는 게 이상하지."

"난 주변에서 막 좋아해 주고 칭찬해 주면 좋던데. 그래서 더 열심히 하게 되고."

'네가 나이 육십 먹고 8 더하기 9 맞혔다고 칭찬받아 봐라. 좋아할 수 있는지.'

그나마 내게 그런 이야기를 하지 않는 최지훈에게 털어놓았는데 역시나 애는 애인지라 이해를 못 하였다.

"그런데 도빈아, 너 부 활동은 뭐 할 거야?"

"부 활동?"

외할아버지와 어머니께서 말씀하셨던 게 떠올랐다.

학교 공부 외에도 음악을 할 수 있는 환경이 있다고 하셨는데 일반적인 음악 수업이 아니라 심화, 특화되어 있다는 말에 조금은 기대되었다.

"응. 나 피아노부인데 같이하자. 다들 좋아할 거야."

피아노라면 가장 좋아하는 악기다.

학교생활 중에 그나마 즐거운 일이 생길 것 같아서 그러겠다고 답하니 최지훈이 무척 좋아했다.

"그런데 거기서 뭐 하는데?"

"보통은 피아노를 연습해. 동영상으로 배우기도 하고 또 콩쿠르에 나갈 준비도 하고."

"콩쿠르?"

"응. 도빈이 너라면 쉽게 우승할 수 있을 거야. 아, 근데 우승은 내가 해야 하는데."

아직도 천재라는 이름에 집착하는 모양이다.

"걱정 마. 나 그런 데 안 나가."

"어? 왜? 실력이 아깝잖아."

"아깝긴. 나가서 뭐 하게."

"열심히 연습해서 1등 하면 기분 좋잖아."

남보다 우월한 것을 뽐내는 일이라.

그리 즐기지는 않았지만 나 역시 동시대를 살았던 많은 피아니스트와 누가 더 위인지 가렸던 적이 있다.

당시에는 곧잘 그런 식으로 누구의 연주가 더 훌륭한지 알고 싶어 하는 사람이 많았는데 결국에는 하릴없는 귀족들의 심심풀이일 뿐이라 대부분 응하지 않았지만.

정말 우위를 가리고 싶었던 그런 사람이 없진 않았다.

"나랑 비슷한 사람이 생기면 그때 생각해 볼게."

말 그대로 그 정도로 인정할 만한 사람이 콩쿠르에 나온다면 생각해 볼 만하다.

하지만 적어도 이 나이 때에는 없을 것이다.

'사카모토 료이치라면 한번 해보고 싶은데.'

사카모토 료이치나 그가 추천했던 블레하츠라는 사람 정도라면 확실히 훌륭한 피아니스트다. 그들의 연주는 항상 영감을 불러일으킨다.

하지만 이미 성공한 그들이든 나든 체면 때문에 대결 같은 걸 할 리가 없다. 더군다나 그 승패가 서로의 기준이 아니라 '심사 위원'이라는 타인의 선택으로 정해진다면 더더욱.

"정말?"

그런 생각을 하고 있는데 최지훈이 갑자기 화색이 되었다.

"뭐가?"

"정말 비슷한 사람이 생기면 콩쿠르에 나갈 거야?"

"뭐……."

"내가 그렇게 될게. 그러니까 언젠가 꼭 함께 콩쿠르에 나가자."

"아까는 네가 우승해야 한다면서."

내 질문에 최지훈을 힘차게 답했다.

"나도 열심히 할 거야!"

"……내가 콩쿠르에 나가든 말든 왜 그렇게 신경을 쓰는데?"

"사람들이 네 연주를 들으면 얼마나 행복하겠어. 난 알아. 네 연주가 얼마나 멋있는지. 다른 사람도 알아줬으면 좋겠어."

엉덩이를 툭툭 털고 일어난 최지훈이 내 손을 잡았다.

"연습하러 가자!"

4월이 되자 4교시가 끝나고 두 시간 동안 부 활동을 할 수 있었다.

최지훈의 제안을 받아 피아노부에 들어갔는데, 오늘은 그 첫 시간이라 조금은 기대가 되었다.

요즘 아이들은 피아노를 어떻게 배우는지.

혹시나 새로운 것을 배울 수도 있지 않을까 하는 생각에 조금 설렌다.

할아버지가 날 위해 멋진 선생까지 초빙까지 했다고 하니, 그 사람이 어떻게 가르치는지를 참고하면 채은이도 좀 더 잘 가르칠 수 있지 않을까 싶다.

피아노 레슨은 많이 했지만 사실 공을 들여 가르친 사람은 몇 없다. 또 교수법이라는 것도 음악과 마찬가지로 발전, 변화했을 테니 하루라도 빨리 채은이와 협연하기 위해서라도 현대의 체계적인 학습법에 대해 공부하고 싶다.

'여긴가.'

4교시를 마치고 한국 초등학교의 본 건물에서 조금 떨어져 있는 건물로 향했다.

붉은 외벽에 다가갈수록 악기 소리를 작게 들을 수 있었다.

'오케스트라도 여기서 연습하는 모양이네.'

초등부뿐만이 아니라 중등, 고등부도 함께 있는 듯하다.

긴 복도를 지나자 조용한 교실이 나왔다.

A108

최지훈이 알려준 피아노부 부실이다.

"실례합니다."

"어서 들어와."

"도빈아! 여기!"

인사를 하고 피아노부 부실에 들어섰는데 사람이 몇 없다.

손짓하는 최지훈을 포함해 다섯 명뿐. 학생 수 자체가 적기도 하지만 아무래도 피아노부는 인기가 없는 모양이다.

"네가 배도빈이냐?"

꽃무늬 셔츠를 입고 옷깃을 세운 남자가 물었다. 이 학교에서 본 사람 중에 나이가 가장 많아 보였는데, 아무래도 피아노부의 강사인 듯하다.

나이에 비해 뭔가 경박해 보이는 느낌이다.

"네."

"자, 그럼 왔으니 신고식부터 해야지."

무슨 말인지 몰라 가만히 있는데 강사가 재차 말했다.

"뭐 해? 네가 젤 자신 있는 곡으로 한번 해봐. 천재는 어떤 연주를 하나 들어보자. 다들 들어보고 싶지?"

"네!"

'뭐 하는 인간이야?'

슬쩍 기분이 상하려 하는데 잔뜩 기대하고 있는 최지훈이 눈에 들어왔다. 녀석의 얼굴을 봐서라도 한 번 정도는 참아줘야겠다 생각하고 피아노 앞에 앉았다.

피아노 소나타 B플랫장조 4악장.

솜씨를 보여 달라 했으니 그에 부응해 줘야겠지.

4악장을 연주하기 시작했다.

'이 녀석 봐라?'

어떤 곡을 선택할지 궁금했는데 마치 내게 이해할 수 있겠냐고 물어보는 듯한 선곡이다.

유장혁 그놈에게 이야기는 많이 들어 실제로는 어떨까 궁금했는데 생각보다 자존심이 강한 아이다.

실력이 없었더라면 모르겠지만 표현하기 어렵다는 초반부마저 음을 자아내는 솜씨가 보통이 아니다.

몇 년 전, 다섯 살짜리 아이가 클래식 앨범, 그것도 신곡으로만 구성해 직접 작곡, 연주했다는 말을 듣고는 기가 찼던 기억이 있다.

그리고 죽기 전까지 그 이름을 잊을 수 없을 거라 확신했다.

배도빈.

'배도빈: 피아노와 바이올린을 위한 모음곡'을 들었을 때는 그 완벽함에 깜짝 놀라고 말았다.

'설마하니 그 친구 손주일 줄은 몰랐지.'

이렇게 띄엄띄엄 떨어져 있는 음을 감정을 담아 표현하는 일은 쉽지 않다.

단순히 기술만 뛰어난 아이가 아니라는 것.

곡을 정확히 이해하고 나름의 해석을 더해 연주한다는 뜻이다.

일반적으로, 그런 경지에 이른 사람을 거장이라 하지.

'정말 천재가 있긴 있구만.'

들을수록 놀랍다.

보통 솜씨를 뽐내려면 기교가 많이 들어간 곡을 선택하기 마련인데 기술뿐만이 아니라 해석 능력도 갖춰야 하는 이 곡을 내가 들었던 그 어떤 연주보다 훌륭히 이어나간다.

'빠른데.'

그러지 않아도 중반부터는 빠르게 진행되는 곡인데, 배도빈의 연주 속도는 그보다 훨씬 앞서나간다.

아이들을 슬쩍 보자 넋이 나가 있다.

저 아이들이 이 곡을 제대로 이해할 리가 만무하다. 단순히 복잡하고 난해한 곡을 저만큼 빠르게 연주하고 있음에 놀라고 있을 터.

자존심 강한 천재.

내가 과연 이 녀석을 가르칠 수 있을까.

아니. 그럴 리가.

이미 이 아이는 완성되었다. 그 어떤 거장과 비교해도 우열을 가릴 수 없으며 동시에 독보적이다.

'이러니 재미가 없지.'

지훈이의 말도 이해가 된다.

상대할 만한 사람이 있으면 콩쿠르에 나간다는 말.

처음에는 웃어넘겼으나 직접 연주를 들어보니 이 나이 때

저런 실력을 갖추었다면 경쟁에 의미를 두지 못할 거란 생각도 들었다.

'그럼 안 될 일이지.'

사람에게는 목표가 필요한 법.

억지로라도 필요할 때가 있는 법이다.

지금의 연주가 다섯 살 때와 차이가 없다는 걸 감안하면 더욱 그렇다.

사람은 동기가 부여되었을 때 성장하는 법이니까.

'재밌겠는데.'

꼬맹이들 있는 곳에 가서 뭘 하겠냐고 생각했는데, 속은 셈 치고 와서 다행이다.

연주를 마치고 일어나자 교사가 소리를 쳤다.

"이거 천재라더니 내가 아주 단단히 잘못 알았구만! 아주 엉터리야!"

'저 늙은이가 노망이 났나.'

감히 이 루트비히 판 베트호펜, 아니, 배도빈의 연주를 듣고 엉터리라는 말을 내뱉다니.

그냥 넘어갈 수가 없었다.

"뭐라고요?"

"아주 엉터리라 했다."

"할아버지의 귀가 잘못된 거겠죠."

실력을 보여 달라고 하기에 얼마나 대단한 사람인지 시험해 봤더니 곡의 구조나 표현법조차 이해할 수 없는 모양이다.

그런 주제에 감히 망발을 떠들어대 쏘아주었다.

"흥! 자기가 뭘 잘못했는지도 모르고 있군. 자, 내 연주를 들어봐라."

노망난 노친네가 피아노 앞에 앉더니 연주를 시작했다.

모차르트 피아노 소나타 C단조 2악장.

긴밀하게 연결된 내용이 아름다워 당시에도 많은 사랑을 받았던 곡이다.

♬♪♩♪

♪♬♩♪

'……제법이군.'

첫인상과 달리 입만 산 늙은이는 아닌 듯.

연주는 제법이다.

오랜 시간 연주를 해온 사람의 완숙함이 느껴지는 해석. 음을 정확히 표현하는 능력은 사카모토 료이치와도 비견할 만하다.

'이런 사람이 있었나?'

이름은 모르지만 이만한 남자라면 분명 이름을 떨쳤을 터.

외할아버지가 초청한 교사라고 하더니 그의 정체가 궁금해졌다.

그가 연주를 마치자 학생들이 손뼉을 쳤다.

"어떠냐."

"나쁘지 않네요."

"평가가 박하군. 내 생각엔 네 연주보다 나았던 것 같은데 말이야. 나만 박수를 받았으니까. 안 그러냐?"

"……."

어이가 없어 피아노 앞에 앉았다.

'쓸데없는 트집이나 잡는 인간.'

찍소리도 못하게 해줄 생각이다.

피아노 소나타 23번 F단조.

관객에게 박수를 받기 위한 연주라면 그 누구보다도 잘 알고 있다.

쉽고 이해하기 쉬우며 자극적인 곡.

음악적 장치나 기교보다는 감정에 충실한 연주가 그러한 법이다.

'이걸 듣고도 어디 한번 떠들어볼 수 있나 보자.'

주제가 단순할수록 변주할 수단은 무궁무진해진다.

내가 테마에 집착하지 않은 이유 또한 전개 과정에서 그려낼 수 있는 자유로움을 위하기 때문.

그렇게 정말 많은 곡을 만들었고.

불같은 시기에 완성한 이 곡은 당시에도 그리고 지금도 정말 많은 사랑을 받고 있다.

연주를 마치자 학생들이 요란하게 손뼉을 쳤다.

"우와! 나 이런 거 처음이야!"

"이거 뭐야? F단조야?"

"엄청. 엄청 재밌었었어!"

당연한 반응이다.

"아직 한참 멀었구만! 베토벤이 들었다면 땅을 치고 슬퍼했을 거다! 진짜 연주라면 이런 걸 두고 하는 거니 잘 들어라."

"뭐, 뭐라고?"

'이 망할 영감탱이가 이 나를 우습게 봐? 베토벤이 들었다면 뭐?'

화가 머리끝까지 올라 이름도 모르는 노친네의 연주가 끝나자마자 피아노 앞에 앉았다.

배도빈이 등교를 하기 위해 나섰다.

"다녀오겠습니다!"

"그래. 잘 다녀와~"

부부는 후다닥 뛰어나가는 아들을 보곤 작게 웃었다.

최근 들어 배도빈은 마치 등교 시간을 기다리는 것만 같았다.

배영준이 유진희에게 물었다.

"요즘은 학교 좋아하는 거 같은데?"

"그러게요. 3월 한 달은 억지로 가는 느낌이었는데."

"친구도 사귀고 적응한 모양이지. 다행이야."

"후훗. 정말 그래요. 입학하기 전부터 이것저것 너무 유명해져서 걱정이었는데 잘 지내는 모양이에요."

"조금 힘이 들어간 것 같지만 말이야. 저렇게 활기찬 처음인데. 별일은 없겠지?"

"한창 뛰어놀 때잖아요. 전 저렇게 힘찬 도빈이가 더 보기 좋은걸요?"

"그래. 건강이 최고지. 아, 나도 나가봐야겠다."

"잘 다녀와요."

"응. 다녀올게."

가볍게 입을 맞춘 부부는 신혼처럼 서로를 애틋하게 보았다.

벌써 한 달째.

4교시가 끝나면 점심도 거르고 부실로 갔다.

있는 대로 억지를 부리는 노인 때문이었는데 오늘도 자기가 더 잘났다고 우기는 통에 벌써 세 곡이나 연주했다.

"도, 도빈아. 괜찮아?"

"안 괜찮아."

망할 영감탱이.

"드디어 레퍼토리가 다 떨어진 모양이지? 왜 그러고 있어? 천재라더니 별것 아니군그래. 겨우 이 정도로 치켜세우다니, 다들 귀가 잘못된 모양이야."

"웃기지 말고 영감이야말로 귀 제대로 열고 들어."

"도빈아! 선생님한테 그렇게 말하면 안 돼."

"이제야 본성을 드러내는구만. 그래, 연주를 못 하면 성질이라도 있어야지."

"뭐, 뭐라고?"

씩씩대며 자리에 앉아 라흐마니노프의 전주곡 중 C샵단조를 연주하기 시작했다. 아직 덜 자란 손으로 연주하기에 무리가 따르지만 그런 걸 신경 쓸 때가 아니었다.

되지도 않는 도발을 해대는 저 못된 영감의 코를 납작하게 해줘야겠다는 생각뿐이었다.

"빨라! 그렇게 빠르게 연주해서는 제대로 들을 수 있는 사람이 없겠다! 이 망할 꼬맹이!"

"빠르게 연주해야 하는 부분이라고 몇 번을 말해, 이 영감탱이야!"

"그렇게 번갯불에 콩 볶아 먹듯 연주하는데 전달이 제대로 되겠냐!"

"청중한테 곡 해석 따위 바라는 게 잘못이지! 그냥 즐기면 되는 거야! 그러기 위한 장치라고. 장치 따위 일일이 구차하게 설명할 바엔 차라리 강의를 하지!"

음악을 더욱 풍요롭고 아름답게 만들기 위한 수단과 방법은 작곡가만 알면 된다. 굳이 그것을 강조해 관객에게 알아달라고 말하는 것은 억지다.

그렇게 추한 짓도 없다.

"네 말은 너의 그 터무니없이 빠른 연주를 관객들이 좋아한다는 거냐? 하참. 웃기지도 않는군. 네 주제에 어디 시대연주 흉내를 내는 게야! 봐라. 이게 베토벤 소나타를 연주하는 방법이다."

'뭐, 뭐가 어쩌고 저째?'

이제는 어처구니가 없어 말이 나오지 않을 지경이다.

-하하하하! 그거 재밌는 일이로군.

"웃을 일이 아니에요."

사카모토 료이치가 전화로 안부를 물어 최근 내 신경을 박박 긁어대는 못된 영감탱이에 대해 말하자 아주 신나게 웃었다.

-자네도 즐기고 있는 것 같은데. 내가 잘못 알고 있는 건가?

"즐기고 있다고요?"

-자네 스스로도 잘 알고 있지 않나. 그런 말을 들을 실력이 아니라는 걸.

"그러니까 더 화가 나는 거라고요."

-하하하하!

"사카모토!"

-아아, 미안하네. 미안. 하지만 평소의 자네라고 하기엔 좀 다른 듯해서 말이야. 주변의 헛소리 같은 건 신경 쓰지 않지 않았나.

"그야 그렇지만."

생각해 보면 그렇다.

평론가든 음악가든 내 음악에 대해 말도 안 되는 평을 해대는 인간들에 대해서는 철저히 무시했는데, 이상하게 그 영감탱이가 억지를 부리면 화를 주체할 수 없었다.

"그 사람이 그러면 화가 나요."

-으음. 둘 중 하나겠구만.

사카모토가 이상한 말을 꺼냈다.

-자네가 그에게 인정받고 싶거나, 아니면 그를 인정하는 거 겠지. 이유는 몰라도 말이야.

"그런 사람한테 인정받지 않아도 돼요. 코를 납작하게 만들어줄 뿐이에요."

-그렇다면 그만큼 상대를 인정한다는 뜻 아닌가. 콩쿠르도 나가기 싫어하던 자네가 경쟁에 열을 보이다니. 이거, 상대가 누군지 궁금해지네만. 껄껄껄.

확실히 나쁘지 않은 피아니스트지만.

'아니.'

그래. 실력만큼은 훌륭하다.

그간 머리에 피가 쏠려 생각하지 않았지만 사카모토 료이치의 말대로 그는 탁월하다.

그런 인간이 내 연주에 억지를 부리니 더 크게 화가 나는 거다.

모를 리가 없는데.

나를 도발하는 이유를 알 수 없다.

"경박하게 억지 부리는 사람일 뿐이에요."

"허허."

배도빈과 통화를 마친 사카모토 료이치가 신기한 듯 웃었다.

'이제야 좀 아이답구만.'

음악적 기량과 여러 모습을 봐서는 결코 그렇게 느낄 수 없었는데, 단순한 도발에 반응하는 걸 보니 귀여웠다.

평론이나 상을 싫어하는 이유를 들었을 때는 정말 끝에 다다른 사람처럼 보이기도 했는데.

초등학교 피아노 교사의 말에는 발끈한다.

사카모토 료이치는 그 고집쟁이 배도빈을 구워삶는 사람이 누군지 궁금해졌다.

한편.

한국 초등학교 피아노부 강사 홍승일은 오랜만에 아들 부부의 집에서 손녀와 즐거운 한때를 보내고 있었다.

"하하하하! 옳지. 옳지, 잘한다. 내 새끼."

"아버님 요즘 많이 밝아 보이세요. 한국 초등학교에서 학생들 가르치신다면서요?"

"아아. 애비가 말하더냐?"

"네. 아버님이 다시 일하셔서 너무 좋다고 하던걸요?"

"녀석."

"아우아우."

"오구오구."

홍승일은 바닥을 탁탁 치는 손녀를 보며 행복하게 미소 지었다.

며느리가 그런 그에게 사과 한 쪽을 건네며 말했다.

"그이 소원이 뭔 줄 아세요?"

"소원?"

"아버님 연주회 한 번만 더 가는 거예요."

"이제 늙어서 그렇게 번거로운 거 못 한다. 애들 가르치는 것도 친구 부탁 때문에 어쩔 수 없이 하는 거야."

시아버지의 대답에 며느리가 고개를 살짝 틀어 새침하게 물었다.

"에이. 아버님도 좋아하시는 거 같은데요? 밖에도 다니시고 하니까 얼마나 좋아요."

"크흠."

"그이 말고도 아버님 연주 듣고 싶어 하는 사람 많은 거 아시잖아요. 이제 약주도 끊으셨고 화상도 나으셨고. 다시 시작하셔도 되지 않을까요?"

"……."

홍승일이 대답은 않고 손녀에게 장난감을 흔들어 보이자 며느리가 눈을 감았다. 그러곤 일어나 부엌으로 향했다.

홍승일은 며느리의 뒷모습을 보곤 쓸쓸하게 웃었다.

'아니지. 아니야.'

지금은 그저 이렇게 손녀와 함께하는 것만으로도 충분히 만족했다. 평생을 했던 피아노는 '어린 천재'와 대화하는 정도로 충분하다고 여겼다.

"아우아?"

그때 손녀가 홍승일의 손가락을 덥석 쥐었다.

"응? 하하하. 녀석 힘 좋은 거 봐라. 애미야, 주희 사과 먹을 수 있냐?"

"아직 주시면 안 돼요."

부엌에서 들려온 대답에 홍승일이 아쉽다는 듯 손녀를 보았다. 홍주희는 그와 눈을 마주치다 이내 시선을 돌려 다른 곳을 보았다.

"이 맛있는 걸 아직 못 먹다니. 불쌍하구만 내 새끼."

"꺄우."

"무럭무럭 커야 한다. 적어도 유치원 가는 모습 정돈 보고 싶구나."

"우?"

재롱을 부리는 손녀를 보며 홍승일이 부드럽게 미소 지었다.

♪

오늘도 건방진 강사를 혼내주기 위해 부실로 향했다.

그 앞에 최지훈이 있어 아는 척을 했더니 반갑게 인사했다. 그리고 이내 걱정스러운 표정을 지었다.

"미안해."

"뜬금없이 무슨 말이야?"

"괜히 피아노부에 들어오라고 해서. 선생님 우리한테는 엄청 친절하시거든. 피아노도 너무 잘 치시고."

무슨 말을 하나 했더니 강사에 대한 일이다.

"……그래서 분명 너도 좋아할 거라 생각했는데 아무래도 네 피아노를 잘 받아들일 수 없으신가 봐."

"실력 문제가 아니야."

인정하고 싶진 않지만 피아노부의 담당 강사 홍승일은 뛰어난 연주자다. 피아니스트로 활동했다면 분명 그 이름을 널리 떨쳤을 거라 생각할 정도니까.

"응?"

"그 사람 몰라서 억지를 부리는 게 아니야. 그래서 더 화가 나는 거고."

"그게 무슨 뜻이야?"

그 이상은 말로 내뱉기 싫어 대답하지 않았다.

홍승일은 나이가 너무 많고.

나는 아직 손가락에 힘이 없다. 그 때문에 건반을 충분히 내 의도대로 누르기에는 아직 버거운 점이 없지 않아 있다. 억지로라도 칠 수는 있지만 아직은 손도 작은 편이라 마음대로 될 리가 없다.

더욱이 낭만 시대 이후의 레퍼토리는 아무래도 내가 그에 비해 부족할 수밖에 없었다.

아무리 곡을 많이 들어도 단 한 번도 연습하지 않은 곡이 수도 없이 널렸기 때문.

특히 피아노 같은 경우에는 활동 자체를 작곡과 바이올리니스트로 했던 지난 몇 년 때문에 충분히 연습하지 못한 점도 있다.

서로에게 아쉬운 점이 분명 있다.

나도 그도 페널티를 가지고 있어 서로 상정하는 수준에 못 미치고 있다는 게 적당한 표현이리라.

그의 말투는 나를 몹시 노엽게 하지만, 그 내용만은 옳다.

완벽한 연주를 위해, 또 이 시대에 맞춰 나가기 위해 나도 생각하고 있던 것을 그대로 말하니까.

'그게 짜증 나는 거야.'

말도 안 되는 이야기를 했다면 무시할 테지만 현재 내 단점이라고 생각했던 부분을 집어대니 열 받을 수밖에.

그건 아마 그도 마찬가지일 터.

그는 훌륭한 연주를 하면서도 종종 미스를 냈는데 내 생각엔 망설임이 많아 보인다. 혹은 손에 무슨 문제가 있어 본인의 의지와는 달리 연주되는 쪽이거나.

그래서 서로를 인정하면서도 연주에 대해 물고 뜯는 거다.

적어도 나는 그가 나를 도발할 때마다 그의 코를 납작하게 만들기 위해, 그를 압도하기 위해 최근에는 피아노에만 매달렸다.

이 내가.

그런 상황이라는 것을 남에게 알리고 싶지 않을 뿐이다.

드르륵-

부실에 들어서자 피아노 앞에 앉아 있는 못된 영감을 볼 수 있었다.

"용케 도망치지 않고 왔구나!"

"도망은 누가 친다고 그래요?"

"하하하! 배짱 하나는 마음에 드네. 오늘은 쇼팽의 녹턴으로 가볼 테냐?"

"……악보 좀 보고요."

"하핫! 드디어 약한 모습을 보이는구만!"

"그럼 무슨 곡이 있는지도 모르는데 어떻게 치라고요!"

"낄낄낄. 같이 봐줄까?"

"필요 없어요."

정말이지 이렇게 격정적이 된 것은 오랜만이다.

저 얄미운 노인이 찍소리도 못하게 해줄 날을 위해 피아노부 한쪽에 꽂혀 있는 쇼팽의 악보를 펼쳤다.

쇼팽.

일생을 피아노에 바친 남자.

그의 대담함과 화음을 자유자재로 다루는 기교, 음악성은 작곡가로서도 피아니스트로서도 그를 존경하기에 충분하다.

특히 지금 보고 있는 그의 녹턴(야상곡)은 티라미수처럼 달콤하고 부드럽다. 조용히 귀로 들어온 음률이 감성을 자극하는데 일찍이 한 번 들어본 적이 있었다.

Nocturne Op.9 No.2

'이런 느낌인가.'

악보를 펼쳐 놓곤 연주를 시작했다. 악보를 따라 손을 움직일수록 그가 배치한 이 황홀한 감각에 고개를 끄덕일 수 있었다.

'음.'

조금 불편한 게 있다면 페달을 적절히 밟아야 하는데 자세가 좀 불편하다는 정도. 페달링도 건반과 마찬가지로 얼마나 누르느냐에 따라 효과가 달라지니 짧은 다리로 조절하기 벅차다.

'후우.'

그렇게 두 시간 정도 연습을 했을까.

잠시 쉴 생각으로 일어섰다.

부 활동 시간이 끝나자, 다들 각자 따로 마련된 연습실에서 나와 귀가 준비를 하고 있다.

피아노부 강사 홍승일이 안 보이길래 오늘은 방해 없이 조용히 연습할 수 있겠다 싶어 물을 마실 생각으로 움직였는데 홍승일이 바로 내 뒤에 서 있었다.

계속 연주만 하고 있었던지라 몰랐는데 계속 그대로 있었던 모양. 깜짝 놀랐다.

"뭐예요?"

"가려고?"

"물 마시려는 거예요."

"오늘 안에 연주하는 건 틀린 것 같구만."

"간단한 곡도 아니고 어떻게 하루 만에 쳐요?"

너무도 당연한 일인데 또다시 억지를 부리려고 하는 것 같아 짜증을 내자 그가 씩 하고 웃었다.

"한 시간쯤 뒤부터는 틀린 구간은 없던데?"

"틀리지 않고 치는 걸로 만족할 것 같아요?"

"하하하!"

홍승일이 내 대답에 웃으며 부실을 빠져나갔다.

'뭐야.'

오늘은 조금 다른 식으로 기분을 상하게 한다.

"도빈아, 오늘도 더 있으려고?"

최지훈이 가방을 멘 채 물었다.

"응. 몇 번 더 연습하려고. 너는?"

잠시 고민하던 최지훈이 가방을 풀어 내렸다.

"나도 오늘은 좀 더 있을래."

"뭐 할 거 있어?"

"아니. 그냥."

조금 평소와 다른 느낌이지만 굳이 물어보지 않았다.

'할 말이 있다면 곧 하겠지.'

"뭐 연주하고 있었어? 아, 쇼팽."

"저번에는 쇼팽 에튀드로 대결하자고 하더니 이번에는 녹턴
으로 하자고 해서."

"쇼팽은 너무 좋으니까."

"훌륭하지."

"아, 나 연습하고 있는 거 있는데 들어줄래?"

"해봐."

"응."

최지훈이 열심히 건반을 누르기 시작했다.

녀석답게 솔직하고 차분한 연주다.

주말에 외할아버지까지 해서 가족 모두가 모였다.

외할아버지의 집은 처음이라 이 시대의 부자는 어떻게 사는

지 궁금했다.

영화에서 보는 것처럼 모든 것이 자동화되어 있을까 기대했는데, 도리어 예전 삶에서 보던 귀족의 저택과 유사했다.

"도빈이 학교생활은 어떠냐."

식탁에 앉아 밥을 먹는데 외할아버지가 궁금했는지 근황을 물어보셨다.

"그냥 그래요."

동화와 동요를 듣고 별것도 아닌 일에 우쭈쭈 당하는 것도 이제 마음을 놓았다. 그러려니 싫어 포기하고 있는데 내 대답이 별로 마음에 안 드셨는지 할아버지가 걱정스레 물었다.

"왜. 재미없느냐?"

왜 별로인지 설명하려면 복잡할 것 같아 고개를 저었더니 떨떠름하게 계신다.

"요즘 학교 열심히 가서 엄마는 재밌게 다니는 줄 알았는데 아니었나 보네? 무슨 일 있니?"

"그러게. 요즘 학교에서도 오래 있잖니."

"아."

어머니와 아버지께서도 물어보신다. 성이 나 있던 걸 학교에 가고 싶은 것처럼 보셨나 보다.

'빨리 가서 큰코다치게 해주려고는 했지.'

생각해 보니 그리 틀린 말은 아니라서 입을 뗐다.

"피아노부 할아버지 때문에 그래요."

"오. 그래? 마음에 들더냐?"

'너무 반가워하시는데.'

거지 같은 인간이라 본때를 보여주려 한다고 말하면 안 될 것 같은 분위기다.

"뭐…… 실력은 있는 것 같아요."

"하하하하! 그래. 내 친구지만 실력 하나는 아마 대한민국 최고일 거다."

'친구?'

"아는 분이셨어요?"

어머니가 대신 물어보셨다.

"암. 승일이라고 너도 몇 번 봤을 거다. 어릴 땐 연주회도 같이 가고 그러지 않았느냐."

"어머. 누구신가 했더니. 인사드리러 가야겠네요."

"승일? 혹시 홍승일 피아니스트 말씀이신가요?"

"음. 막역지우지."

막역지우란 말이 무슨 뜻인지는 모르겠지만 외할아버지와 친밀한 관계 같다. 아버지도 그 이름을 들어본 적이 있으신 듯해서 물었다.

"유명해요?"

"그럼! 우리나라 최초로 차이콥스키 콩쿠르에서 1등을 했지. 그때가 78년이었나. 지금도 비 러시아인은 우승하기 힘든데 당시에는 더했지."

꽤 오래전 이야기다.

차이콥스키라는 인물에 대해서는 잘 모르는데 클래식 음악팬인 어머니께서 설명을 이어 하셨다.

"4년에 한 번씩 개최하는 유명한 콩쿠르야. 쇼팽, 엘리자베스 콩쿠르랑 함께 가장 유명한데, 도빈이 선생님이 한국인으로서는 처음으로 우승하셨대."

그 실력은 나도 인정하지만 뭔가 석연치 않다.

외할아버지와 친구라는 점부터가 그러하다.

'그 늙은이가 외할아버지를 믿고 나를 그렇게 대한 건가?'

조금만 더 선을 넘었더라면 머리를 들이박았을 정도라 조금 심란하다.

"그런데 이제 좀 괜찮아지신 거예요?"

"아, 그렇지. 손이 안 좋아져서 은퇴하셨다고 들었습니다."

겉으로 보기엔 당장 나무를 하러 다녀도 괜찮아 보이는데 뭔가 손에 문제가 있었던 모양이다.

"글쎄. 솔직하지 않으니 모르지. 그래도 도빈이 이야기를 꺼냈더니 냉큼 하겠다고 하더구나."

"저를요?"

"그래. 꼭 가르쳐 보고 싶다고. 너도 알겠지만 그 친구 실력이라면 맡겨도 되겠다 싶어 부탁했지."

"정말요. 그렇지 않아도 도빈이 제대로 가르칠 분이 없어 못 가르치겠다고 해서 걱정이었는데."

"하하하!"

할아버지가 기쁘게 웃으신다.

반면 나는 홍승일이 의도적으로 내게 접근했다는 걸 듣고는 몹시 언짢아졌다.

이제 보니 그 영감탱이가 나를 놀린 것이다.

억지를 부린다거나 맞는 말을 해도 사람 성질을 긁듯 말하는 게 뭔가 노리고 있는 듯했는데 그것이 무엇인지 물어봐야 할 것 같다.

"얼마 전에 승일이도 말하더라. 10년 뒤 한국에서 3대 콩쿠르를 석권하는 피아니스트가 나올 거라고 말이다. 도빈이 너를 두고 한 말이지."

"콩쿠르요?"

"음."

어머니와 외할아버지가 나를 기특하다는 듯 따뜻하게 바라보았다. 아버지도 내색하지 않으시지만 은근히 기대하는 모습.

홍승일이란 사람이 무슨 생각으로 나를 자극했는지 알 것 같다.

♪

다음 주 월요일.

피아노부에 가지 않고 귀가했다.

"누나, 잠깐만 기다려 줄 수 있어요?"

차에서 내리기 전 운전석의 박선영에게 물었다.

"그럼. 왜? 어디 가게?"

"녹음실 바로 가고 싶어서요."

"그래. 엄마한테 여쭤보고 문자 해. 별일이네? 오늘 일찍 와 달라고 하고. 채은이랑 뭐 하기로 했어?"

"그건 아닌데 요즘 실력이 많이 늘어서 자주 봐주고 싶어요."

"흐음. 정말 잘하나 보네. 네가 그렇게 말할 정도면. 지훈이 란 애보다 잘해?"

"아마 그렇게 될 것 같아요."

"엑. 물어본 내가 할 말은 아니지만 그 말 지훈이 앞에서는 하면 안 된다? 슬퍼할 거야."

이미 했다.

"그런 걸로 기죽을 애 아니에요."

최지훈은 자기가 뛰어난 재능을 가지지 못했다는 것을 너무 도 잘 알고 있다. 그렇기에 매일 10시간씩 연습하는 거다. 그린 근성이 언젠가는 반드시 빛을 발할 테고 최지훈이란 이름을 널리 알릴 것이다.

엘리베이터에 탔다.

"다녀왔습니다."

"어머, 오늘은 일찍 왔네?"

"피아노부에 안 갔어요."

어머니께서는 의아한 표정을 지으셨다.

당연히 물어보실 거라 생각했다.

"왜? 오늘은 부 활동 쉬는 거야? 어디 아파?"

"채은이랑 피아노 치는 게 더 좋아요."

"……그러렴. 채은이도 좋아하겠네. 녹음실로 갈 거니?"

"네."

예상과는 달리 굳이 캐묻지 않으셨다.

어쩌다 그럴 수도 있는 거라 생각하신 건지, 아니면 나를 믿기 때문인지 이유는 알 수 없어도 예상과 조금 다른 반응이라 떨떠름했다.

"다녀오겠습니다. 매니저 누나가 태워다 준대요."

"그래~ 재밌게 놀다 와."

역시 뭔가 좀 이상하다.

옆집으로 가 문을 두드리자 아주머니가 반겼다.

"오늘은 일찍 왔네?"

"네. 채은이랑 녹음실 가도 돼요?"

"오빠!"

"그럼. 채은아, 그렇게 뛰면 다쳐."

"히히히."

"못살아 정말. 그렇게 좋니?"

"응!"

아주머니가 부르기도 전에 채은이가 뛰어나와 내게 안겼다. 걱정 어린 말을 듣고도 웃을 뿐이라 아주머니도 어쩔 수 없다는 듯 피식 웃었다.

"어떻게 갈 거니? 아줌마가 데려다줄까?"

"매니저 누나가 밑에서 기다리고 있어요."

"선영 씨도 고생이네. 그럼 재밌게 놀다 오렴."

"다녀오겠습니다."

"다녀오게씀니다!"

녹음실에 도착했는데 박선영이 평소와 달리 주변 카페에 가지 않고 안으로 들어왔다.

"여기 있으려고요?"

"응. 채은이 피아노도 들어보고 싶어서. 네가 이렇게까지 돌봐주는 게 신기하거든."

"그렇게나 신기해요?"

"응. 너 다른 사람이랑 얽히는 거 별로 안 좋아하잖아. 음악

하는 사람 빼고."

맞는 말이다.

"채은아 손부터 풀자. 1번부터."

"응!"

채은이가 차채은을 위한 연습곡 1번을 연주하기 시작했다. 그에 맞춰 나도 건반 위에 손을 얹었다.

신기하게도 언제나 같은 연주를 한다.

예민한 사람이 아니라면 녹음된 것을 반복해 트는 거라고 착각할 정도로 말이다.

'좋네.'

오늘따라 컨디션이 좋은 것 같다. 정말 신이 내린 재능이라는 말 이외에는 설명할 길이 없다.

연주를 마쳤는데 박선영이 입을 떡 벌리고 있었다.

"세상에나. 아니, 배도빈 같은 애가 또 있었네."

"……실례예요."

"아, 미안. 피아노 친 지 얼마나 된 거야?"

"10개월 정도?"

"아직 1년도 안 된 여섯 살짜리 애가 이런 연주를 한다고? 이건 대표님도 들어보셔야겠는데."

채은이가 좀 더 크면 말해주려 했더니 박선영도 듣는 귀가 있긴 한 모양. 단숨에 채은이의 재능을 알아보았다.

적당히 기교를 익히고 이대로 피아노를 즐기다 보면 앞으로 훌륭한 피아니스트가 될 것이다. 연주 자체는 그리 뛰어나지 않지만 시간과 노력이 해결해 줄 것이다.

바쁜 와중에도 채은이에게 신경을 쓰는 이유는 이 귀한 재능이 싹트지 못할 것을 우려하기 때문. 지금은 피아노도 좋아하지만 나에 대한 애착이 더 큰지라 관심을 주지 않으면 흥미를 잃을 것 같았다.

실제로 '더 퍼스트 오브 미'를 작업하기 위해 미국에 있는 동안 악보 보는 법도 까먹었으니까.

내가 연주한 것을 반복해 듣고 그것을 따라 연주할 뿐이었으니 아직은 신경을 써줄 때다.

"오빠 다른 거. 다른 거."

"그래. 2번."

"응!"

재능은 가꿔야 한다.

그 자체만으로도 빛날 수 있지만 끊임없이 닦아줘야만 제빛을 낼 수 있다. 그 빛나는 재능을 지닌 천재 아마데마저도 그러했고 나 역시 마찬가지였다. 진정한 스승이었던 안토니오 살리에리는 노년에 들어서도 끊임없이 음을 탐구하여 여러 음악가에게 귀감이 되었다.

나는 지금 내 연주를 그대로 따라 하여 호흡을 맞추는 저 아이가 언젠가는 본연의 모습을 찾아 그 날개를 활짝 펼칠 것을 믿어 의심치 않는다.

그때가 되면 내가 지휘하는 베를린 필하모닉과 내가 작곡한 피아노 협주곡을 연주하게 하는 작은 꿈을 꾸어본다.

분명 근사한 연주회가 될 것이다.

[어디 아파?]

[아니. 왜?]

[어제도 그제도 부실에 안 왔잖아. 오늘은 올 거지?]

[집에 가려고.]

[혹시 선생님 때문에 안 오는 거야?]

종례를 마치고 집에 돌아가기 전, 교실에서 최지훈과 문자를 나누었다. 며칠 부 활동에 나가지 않으니 걱정이 되었던 모양이다.

별일 아니라는 메시지를 보내려는데 홍승일이 날 불렀다.

"배도빈."

고개를 돌리자 화가 난 듯한 그가 성큼성큼 걸어왔다.

"어디 아프냐."

"아니요."

"그럼 부 활동엔 왜 나오지 않았냐."

"할아버지 마음대로 움직이기 싫어서요."

"뭐?"

"그간 저를 자극하는 이유가 궁금했는데 알 것 같아요."

홍승일은 조금 놀란 듯싶다가 이내 다그치듯 물었다.

"왜 그랬을 것 같냐."

"할아버지한테 말씀하셨다면서요. 제가 콩쿠르에서 우승할
거라고요."

"그래."

"전 나갈 생각 없어요."

내 대답에 홍승일이 눈을 지그시 감았다가 떴다.

"알았다. 내보내지 않을 테니 부실로 가서 말하자."

"……."

외할아버지의 친구라 직접 찾아오기까지 한 그의 말을 거
절할 수는 없었다.

무슨 말을 하는지 들어는 보자는 심정으로 박선영에게 오
늘은 조금 늦을 것 같다고 메시지를 보냈다.

부실에 들어서자마자 홍승일은 피아노 앞에 앉았다. 그리
고 차이콥스키의 C샵단조를 연주했다.

다음. 그다음.

그는 연주를 계속해서 이어나갔다.

그렇게 짧은 몇몇 곡을 연주한 뒤에 나를 보았다.

"어떠냐."

"좋네요."

사람은 마음에 안 들지만 연주만은 훌륭하다.

"네가 이 곡을 한 달 연습하면 나만큼 연주하겠지."

"……."

"나는 이 곡을 치기 위해 6주를 연습했고 평생을 내 레퍼토리로 연주해 왔다. 그 과정에서 더욱 깊이가 생겼지. 그런 내 연주를 너는 한 달 만에 따라잡을 거야."

"……."

"왜 더 열심히 하지 않는 거냐."

충격이었다.

홍승일이 무슨 말을 할까 궁금했지만 설마하니 이런 말을 할 줄은 몰랐다. 그가 한 말 중에 가장 말이 안 되는 이야기였다.

"잘못 알고 계시네요. 전 지금도 충분해요."

"아니. 넌 새로운 걸 탐구할 뿐이지 더 깊게 파고들고 있지 않아. 새로운 곡을 듣는 것도 중요하지. 하지만 네 피아노 실력은 어째 다섯 살 때와 조금도 달라지지 않은 게냐."

"무슨 말을!"

"조금도 나아지지 않았다고 했다! 네가 그간 한 거라고는 연주할 수 있는 곡을 늘렸을 뿐이야. 너 스스로가 가장 잘 알고 있지 않느냐!"

뒤통수를 맞은 듯했다.

분명 연주할 수 있는 곡이 늘어나는 것도 중요한 일이다. 새로운 곡을 익히면서 자연스레 발전하는 것도 당연한 일.

그러나 그가 지금 그런 말을 하고 있는 게 아니라는 것을 알고 있었다.

탐구.

확실히 나는 피아노 연주를 계속 해왔지만 보다 완벽히 연주하기 위해 노력하지는 않았다. 과거 내가 쳤던 대로 연주하기 위해 노력했을 뿐, 그 이상을 위해 노력하진 않았다.

새로운 연주법을 익히기는 했지만 그것을 탐구하진 않았다. 활용할 뿐이었다. 깊이 사색하는 시간이 없었음을 깨닫자 나는 비로소 그가 '내 실력이 3년 전과 달라지지 않았다'라고 외친 이유를 이해할 수 있었다.

"그 표정을 보아하니 이해한 모양이구나."

그와 눈을 마주하고 입은 떼지 않았다.

"네 할애비한테 너를 맡아 가르치겠다고 했지만 직접 들으니 그런 생각이 싹 사라지더라. 왜 그랬을 것 같으냐."

"……."

"너는 이미 너무도 높이 이르렀다. 어린 너는 잘 모르겠지만 너무 높아. 아래가 보이지 않을 정도고 주변에 너만 한 산이 없으니 더 이상 오를 곳도 찾지 못할 것이다."

"그게 아니라."

"내 말 들어. 지금은 이해할 수 없어도 언젠가는 꼭 이해할 수 있을 거다. 지금은 내 말을 들어야 해!"

'아니. 이해했는데.'

"분명 더 높이 올라갈 수 있을 거다. 어린 너라면 분명 오를 수 있을 거야. 하지만. 선생이라고 하지만 분하게도 난 그 더 높은 곳이 어딘지, 어디까지인지는 모른다. 그러니 스스로 그 길을 찾아야만 한다."

눈을 부릅뜬 홍승일에게서 간절함이 느껴졌다.

그는 더 높은 경지의 단계를 보고 싶었을지도 모른다.

홍승일 본인과 사카모토 료이치, 미카엘 블레하츠 그리고 그에 준하는 다른 피아니스트.

모두 나조차 감격할 정도로 너무나 뛰어나다.

그러나 홍승일은 이 시대의 거장들이 도달한 경지를 넘어선 무언가를 바라보고 있는 것 같다. 그것이 노년의 그가 이렇게 까지 열정적일 수 있는 동기일 것이다.

'재능은 갈고닦아야 제빛을 낸다.'

너무도 잘 알고 있었던 사실.

루트비히, 투쟁했노라.

스스로 음악만을 위해 살았다고 생각했건만.

새로운 것에 눈이 팔려 그것을 깊이 있게 내 것으로 하진 않았다.

분명, 예전 나와는 다른 삶이다.

환경이 바뀌었던 탓일까. 아니, 환경은 잘못되지 않았다. 이것은 너무나 큰 기쁨이다.

"그래서 말도 안 되는 억지를 부렸어요? 더 열심히 하게 하려고?"

"크흠."

"제가 대단하다는 건 알고 있긴 했네요."

"그러니 더 열심히 해야 한다는 말이다! 그래! 넌 분명 대단하지만 그렇게 자만해서는 네 성장을 막을 뿐이야!"

"누가 열심히 안 한대요?"

"뭐?"

나에 대해 모르는 홍승일이 그런 생각을 하는 것도 무리는 아니다. 아직 어리니까. 더욱 발전할 수 있을 거라 생각하는 것도 무리는 아니다.

육십 먹은 내게 그런 말을 하는 게 우습지만.

돌이켜보면 죽는 그 순간까지도 악보를 놓지 않았던 나다.

인생은 짧다. 예술은 길다.

지금까지 해이했다고 생각하지는 않지만 분명 홍승일의 말이 내게 새롭게 마음을 다져준 것만은 사실.

인정할 건 인정해야지.

"아까 이 부분 엉망이었어요. 할아버지도 노력 좀 더 해야겠던데요."

"뭐, 뭐라고?"

피아노 앞에 앉아 방금 홍승일의 연주에서 아쉬웠던 부분을 내 방식대로 연주하자 홍승일이 발끈했다.

그리고 서로를 보고 웃었다.

"그래도 콩쿠르는 안 나갈 거예요."

"나갈 수밖에 없을걸. 쇼팽 콩쿠르는 어떠냐?"

"안 나간다니까요?"

"아니. 넌 나갈 수밖에 없다."

또 고집을 부리는 홍승일을 인상을 쓰고 보자 그가 나를 비웃더니 입을 열었다.

"콩쿠르에서 우승하면 군대를 안 가거든."

뭔가 비장의 말을 한 것 같은데 무슨 뜻인지 조금도 공감할 수 없었다.

"뭔 소리예요?"

"큭큭큭큭. 군대 갈 때쯤 되면 알게 될 거다."

여전히 경박하고 기분 나쁜 웃음이다.

"안녕하세요, 아저씨."

"오오. 오랜만이구만. 유학 가고 나선 처음이구나. 아가씨가 다 되었어."

"아저씨도 참. 애가 여덟 살인데 아가씨라뇨."

"……."

어머니께서 학교로 찾아오셨다. 무척 반가운 듯 홍승일과 대화하는 내내 웃으셨다.

"그래. 무슨 일이냐?"

"아버지한테 이야기 들었어요. 어렸을 땐 많이 뵈었는데 그간 격조했네요."

"클클클. 네가 집 나가고 나서 장혁이 그놈이 얼마나 애태웠는지 모를 거다. 옆에서 보는데 그런 표정은 내 처음이었어. 아주 통쾌했다. 하하하!"

"아저씨도 참."

내 생각보다 친하다.

조금 어이가 없고 이 화기애애한 분위기에 어울리기 싫어 개인 연습실로 들어가려 했다.

"마침 잘 왔다. 도빈이 너도 잠깐 와서 이야기 들어라."

싫은 티를 내자 어머니께서 손짓을 하셨다.

어쩔 수 없이 다시 자리에 앉자 홍승일이 이상한 말을 꺼냈다.

"6월 말에 피아노부 데리고 일본에 갈 생각이다."

"일본이요?"

"음. 센다이 콩쿠르 피아노 결선이 28일부터 시작이야. 국제 콩쿠르인 만큼 도움이 될 거다. 금요일이니 목요일쯤 가서 토요일이나 일요일에 돌아올 생각이다."

"아저씨가 인솔하신다면 괜찮겠지만……."

"안 갈래요."

"도빈아?"

"콩쿠르보단 거장들 연주회 가는 게 더 도움이 돼요."

"이 녀석아, 이것도 공부야."

"콩쿠르 내보내려 하는 거잖아요!"

"안 그런다니까?"

또 발뺌한다.

홍승일의 두 눈에 욕망이 드글드글하다. 명예라든지 돈을 바라는 게 아니라 뭐라 할 말은 없지만 참 끈질기다.

"너 국제 콩쿠르 본 적 있냐?"

없어서 고개를 저었다.

"그 봐라! 수백, 수천 명이 경쟁하는 무대다. 그간 준비했던 자신의 기량을 마음껏 뽐내는 자리야. 이 얼마나 가슴 뛰겠느냐. 재밌겠지?"

"그런 자리는 연주회로 충분해요."

"이 녀석아, 다들 그렇게 올라가고 있어. 게다가 국제 콩쿠르에서의 우승이 네게 더 큰 기회를 줄 수 있다는 걸 왜 모르는 게야?"

"그런 자리 마음만 먹으면 얻을 수 있어요. 애초에 머리에 든 것도 없는 심사 위원단의 입맛에 따라 순위 매김 되는 게 말이 안 된다고요."

"널 위해서라도 필요해! 네 음악성을 온전히 이해할 수 없는 사람은 네 타이틀을 볼 뿐이다. 어려서 모르겠지만."

"그런 사람들한테 인정 안 받아도 된다고요!"

"도빈아, 아저씨, 잠깐만."

나와 홍승일이 어머니를 보았다.

단단히 화가 난 얼굴이다.

나도 홍승일도 조금 움찔하고 말았다.

"아저씨, 잠시만요. 도빈아, 잠깐 엄마하고 이야기 좀 하자."

"으음."

어쩔 수 없이 빈 교실로 이끌려 들어갔다.

어머니께서는 나와 눈높이를 맞추곤 입을 여셨다.

"도빈아, 계속 선생님한테 소리치면서 이야기했니?"

"……네."

"왜 그랬어?"

"자꾸 억지 부리니까요. 콩쿠르 안 나간다고 하는데 자꾸 내보내려 해요."

"그래. 엄마도 화났어. 우리 도빈이한테 화내는 사람은 엄마도 싫어."

"……."

"도빈이가 싫으면 안 해도 돼. 누구도 우리 도빈이한테 뭐 하라고 강요할 수 없어. 엄마가 지켜줄 거야."

고개를 끄덕이니 어머니께서 뺨을 어루만지셨다.

"하지만 어른한테 그렇게 말하면 안 돼. 아니, 어른이 아니라 나이가 적든 많든 예의를 지켜야 하는 거야. 화를 내서는 절대 설득할 수 없거든. 앞으로는 생각을 정리해서 말하도록 하자?"

"……."

"그럴 거지?"

억울한 점이 있지만 정론이라 반박할 거리가 없다.

"……네."

그제야 어머니께서 표정을 푸셨다.

"도빈이가 정말 콩쿠르 나가는 게 싫으면 엄마가 선생님한테 말할게. 다신 그러지 말라고."

고개를 끄덕이자 어머니께서 궁금하다는 듯 물어보셨다.

"근데 왜 나가기 싫어? 선생님 말씀처럼 열심히 노력해서 상도 타면 재밌지 않을까?"

이 질문은 정말 많이 들었다.

그리고 정말 많이 같은 이야기를 반복했다.

평가를 받는 행위 자체가 싫은 것이다.

피아노 연주로 서로의 실력을 가늠하는 것은 연주자끼리 할 일이다. 건방지게 다른 사람이 누가 더 위라고 평가하는 것을 받아들일 생각은 없다.

작곡 활동을 하면서 자연스레 받는 상의 경우에는 그것을 목적으로 하는 게 아니라 생각해 지금은 인정하고 있지만 콩쿠르의 경우에는 다르다.

"심사 위원에게 평가받기 싫을 뿐이에요. 어떤 사람인지도 모르고 그들이 얼마나 음악을 깊이 있게 이해하고 있는지도 모르는데 어떻게 그러겠어요? 한 명의 피아니스트가 한 번의 연주를 위해 얼마나 많은 노력을 했는지 모르면서, 누구에게나 같은 기준을 두려는 걸 이해할 수 없어요."

"그렇구나."

"사카모토랑 누가 더 Rain을 더 잘 연주하는지 내기하는 건 즐거워요. 사카모토가 자기 곡이지만 제가 더 잘 친다고 했을 때는 너무 기뻤어요. 사카모토는 너무나 훌륭한 음악가고 Rain을 작곡한 사람이니까."

"응."

"콩쿠르에 나가야만 음악을 열심히 할 수 있는 건 아니에요. 굳이 나가야 한다고 생각하지 않아요."

하고 싶은 말을 모두 마치자 어머니께서 빙그레 웃으셨다.

"도빈이 정말 다 컸네? 얼마 전까지만 해도 이렇게 말 잘하는지 몰랐는데."

'그러게.'

어느새 우리나라 말이 어느 정도 익은 모양이다.

"선생님한테는 그렇게 얘기해 봤니?"

"네."

"그래? 알았어. 같이 이야기해 보자."

그렇게 어머니와 함께 다시 홍승일에게 가 이야기를 했더니.

"진희야 도빈이가 아니면 그럼 누가 나가냐."

"네?"

"한국에서도 1등 한 번 나와야지. 도빈이한테도 절대 나쁜 이야기가 아니야. 국제 콩쿠르에서 1등을 한다는 건 단순히 그걸로 끝나는 문제가 아니다. 도빈이 한 사람의 성공으로 여태 소외되었던 피아노계가 부흥하는 거야."

한 번 목을 가다듬은 홍승일이 또다시 열정적으로 말했다.

구구절절했지만 결론은.

"쇼팽, 차이콥스키, 퀸 엘리자베스. 권위 있는 콩쿠르에서 우승함으로써 더 좋은 환경이 마련될 거다. 너뿐만이 아니라 너와 네 뒤의 세대가 말이다."

관심 없다.

"그뿐이냐? 타이틀은 많으면 많을수록 좋고 네가 대중성을 갖췄다는 것 외에도 사람들이 너의 실력을 알 수 있는 건 그런 수상 내역뿐이지. 그래미상을 받고 나서 네 몸값이 예전과 같더냐?"

"어……."

분명 '더 퍼스트 오브 미'를 작업했을 때와 '죽음의 유물 1부, 2부', '인크리즈'의 값이 다르긴 했다.

작업량과 업계가 다르다는 것도 감안해야 하겠지만 홍승일이 무슨 말을 하는지 이제 조금 이해할 수 있었다.

"음악을 모르는 사람도 네 가치를 판단할 때 도움이 된다는 뜻이야. 너의 그 마음은 높이 산다. 넌 모르겠지만 나도 그리 살았어."

……그래서 유명하지 않았던 건가.

이미 세계적으로 유명해진 내게 무엇인가를 더해줄 수 있다고 말할 정도면 내 생각보다 그쪽이 영향을 많이 미치는 듯하다.

"그리고 말하지 않았느냐. 군대가 면제된다고."

"그래요?"

입대하지 않으려고 콩쿠르에 나간다니 정말 이해할 수 없는 사고방식이다.

"그런 게 이유라면 절대 안 나갈 거예요."

"그것만이 아니라니까! 재능과 열정이 있어도 가난해서 공부할 수 없는 아이들이 너로 인해 재조명받을 거다. 네 벌이도 더 나아지겠지! 나가야만 하는 이유는 넘치도록 있어."

"흐음."

"일단 그럼 가보기라도 하자. 가서 현장을 보고 결정해도 되지 않느냐 말이야."

"그 정도면 알겠어요."

"진희야, 애 누구 닮아서 이렇게 소고집이냐?"

"푸훗. 저도 신랑도 안 그런 거 보면 아버지 닮았나 봐요."

"어휴. 거 나가라고 하면 그냥 나가면 되지 무슨 자존심이 이렇게 강해서야. 천재는 다 이러냐?"

"아니라서 모르겠어요. 도빈아, 그럼 일본에는 갈까?"

"네. 나카무라도 보고 와도 돼요?"

"참. 나카무라 씨한테 연락을 못 드린 지 오래되었네. 엄마도 갈까? 안 그래도 그 이후로 뵌 적이 없어서 인사드려야 하는데."

"나카무라?"

"아, 전에 도빈이 매니저 해주시던 분이에요."

"나카무라 보러 가는 겸 해서 가는 거라면 괜찮아요."

"겸이 아니라 목적이 콩쿠르다."

좀처럼 안 맞는다.

♪

6월 7일.

보도 제한이 풀리자마자 루드 캣의 신작, 'The First Of Me'에 대한 기사와 리뷰가 쏟아졌다.

절대다수가 최고점을 주는 것은 물론, 게임의 스토리와 연출, 게임성 그리고 OST까지 완벽하다는 평이 줄을 이었다.

그 반응에 걸맞게.

6월 14일.

전 세계 동시 발매된 'The First Of Me'는 출시 2주 만에 300만 장을 돌파하는 기염을 토해냈다.

2013년 플레이박스 타이틀 게임 중에는 최다 판매 기록이었으며 게임 총괄 제작자인 제임스 터너는 '블록버스터급 제작진이 만든 최고의 게임에 따른 당연한 결과'라고 발표했다.

"더 퍼스트 오브 미는 업계 최고의 사람들만이 참가해 만들어진 게임입니다."

제임스 터너는 인터뷰를 통해 게임 오리지널 스코어를 감독한 배도빈과 자문 역할을 맡았던 사카모토 료이치에 대한 감사도 잊지 않았다.

"배도빈 음악 감독이 태풍 속에서 녹음하겠다고 했을 때는 정말이지 난감했습니다만, 결국에는 이렇게 훌륭한 OST를 만들어 주었습니다. 더 퍼스트 오브 미의 성공에 그의 공이 결코 적지 않습니다. 더 퍼스트 오브 미는 역사에 남을 게임이 될 것입니다."

루드 캣과 제임스 터너의 자신만만한 태도답게 흥행은 매우 성공적이었다.

해당 게임을 접한 유저들은 게임에 몰입해 정신을 못 차렸고 곧 게임에 대한 감상이 커뮤니티 사이트에 심심치 않게 올라왔다.

ㄴ14시간 동안 화장실도 안 가고 했다. 진짜 갓작임.

ㄴ제인 진짜 눈물 나네ㅠㅠ 기특해 기특해ㅠㅠ

ㄴ진짜 몰입도 개쩔었다. 군인 개새끼

ㄴ내가 게임을 했는지 영화를 본 건지 모르겠다. 진짜 소름 돋게 재밌었음.

ㄴ이 와중에 솔직히 음악 없었으면 전투 지루한 거 ㅇㅈ?

"뭐 보고 있어?"

스마트폰으로 기사와 커뮤니티 반응을 확인하고 있는데 최지훈이 고개를 쑥 내밀었다.

"게임이 나왔는데 반응이 좋나 봐. 다들 재밌다고 하네."

"게임?"

6월 27일.

일본에 왔다.

홍승일이 한국 초등학교 피아노부를 인솔했는데 부교사로 우리 반 담임선생까지 함께했다.

"더 퍼스트 오브 미."

"아! 미국에서 작업한 거? 재밌대?"

"응. 재밌대."

"아빠한테 사달라 해야겠다."

"사도 못 할걸?"

"왜?"

"이거 꼬맹이들은 못 해. 이용가가 있나 봐."

"그냥 하면 되는 거 아니야?"

"어?"

하긴.

사기만 하면 집에서 누가 하든 누가 알겠는가.

어머니와 아버지께선 17세 이용가라 하면 안 된다고 하셔서
못 샀는데, 히무라나 박선영에게 부탁을 해봐야겠다.

'선물 받은 게임기도 몰래 사무실에 두면……'

괜찮을 것 같다.

"똑똑한데."

"히히힛."

그렇게 최지훈과 수다를 떨다 보니 어느새 숙소에 도착했
다. 여자애 둘은 담임선생과 함께했고.

'쟤 이름이 뭐였지.'

나와 최지훈 그리고 학생A는 홍승일의 방에 머물게 되었다.
내일 어머니께서 오시면 따로 숙소를 잡아 나카무라에게 갈
예정인데.

"선생님, 전 아빠가 방 따로 잡아주셨는데 거기서 있어도
돼요?"

"부잣집 놈들이란. 그래, 맘대로 해라."

"선생님, 저도요."

학생A도 따로 방을 잡았댄다.

"……"

"……"

오늘 밤을 홍승일과 단둘이 보내야 한다니.

최악이다.

♪

다음 날.

호텔 앞 라멘집에서 카레를 먹었다.

후룩후룩-

"와, 맛있다."

"나 아침에 라면 먹는 거 처음이야."

"난 라면이 처음이야. 건강에 안 좋다고 하던데 먹어도 될까?"

"그 라면이랑 이거랑 다른 거 아니야?"

"달라?"

뭐가 그리 궁금한지 시끌벅적하게 떠들고 있다.

옆에 앉은 최지훈이 물었다.

"어? 카레도 있었어?"

"여기."

메뉴판에 옆집 카레라고 적힌 곳을 가리키자 최지훈이 놀랐다는 듯 말했다.

"와. 일본어도 할 줄 알아?"

"조금."

사카모토 료이치, 히무라, 나카무라 같은 일본인과 몇 년이나 함께 지내면 모를 수가 없다.

"근데 왜 라멘집에서 카레를 먹어?"

"맛있으니까."

납득하지 못했는지 최지훈이 의아한 표정을 짓고 있는데 주인장이 큰 소리로 말했다.

"카레 라이스 곱빼기입니다!"

"오, 고맙네."

홍승일도 카레를 주문한 모양.

그릇을 받자마자 수저로 푹푹 먹기 시작하는데, 먹음직스럽게 잘 먹었다.

나와 홍승일을 번갈아 보던 최지훈이 조심스레 매장 앞으로 가 뭔가를 새로 주문했다.

"뭐 했어?"

"아니, 그냥……."

"어?"

대답을 회피한 최지훈은 스마트폰으로 카레의 효능을 검색하더니 꽤 신중한 표정으로 그것을 살폈다.

"미니 카레 나왔습니다!"

그리고 곧 최지훈 앞에도 작은 그릇에 카레 라이스가 놓였다.

식사 후.

센다이시 청년 문화 센터에 도착하자 사람들이 꽤 많이 있었다.

"여기서 잠깐 기다리고 있어라. 유미 선생님은 아이들과 같이 있어주시고요."

"네, 선생님."

홍승일이 어디론가 향했다.

아마 관람을 할 때 필요한 절차를 밟기 위해서인 것 같은데, 멀뚱멀뚱 기다리고 있자니 지루하다.

주변을 둘러보니 한 여성이 테이블을 두고 그 앞에서 무엇인가를 팔고 있었다. 가까이 가서 보니 팸플릿이다.

"안녕하세요. 안내 팸플릿입니다."

"얼마예요?"

"100엔입니다. 어머. 혹시 도빈 군?"

"엉?"

"도빈, 배도빈이야!"

주변에 서성이던 사람들의 시선이 내게 집중되었다. 나를 알아보고 깜짝 놀란 판매원보다 내가 더 놀랐을 것이다.

"꺄아!"

"배도빈이 왔어! 너무 귀엽다!"

"역시 콩쿠르에도 관심이 있었구나. 가서 사인이나 받아볼까?"

"혹시 사진 찍어줄 수 있니?"

'이게 뭔 소란이야.'

갑작스레 사람들이 몰려들었다.

멀리서 '도빈아! 도빈아! 괜찮니?'라고 소리치는 담임선생의 목소리가 멀어져갔다.

잔뜩 사인해 주고 사진 찍어주고 악수를 나눈 뒤에야 빠져나올 수 있었는데 정말 지쳤다.

"……괜찮니?"

팸플릿 판매원이 걱정스럽게 물었다. 자기가 소리를 내서 이 지경이 되었다는 걸 잘 아는 모양이다.

"괜찮아요. 그거 하나 주세요."

"그냥 가져가도 돼. 서비스."

"……감사합니다."

천천히 일행이 있는 곳으로 걸어갔다.

담임선생이 달려와 내가 다치진 않았는지 이곳저곳을 살폈다. 최지훈이나 학생A, B, C도 마찬가지로 달려와 걱정했다.

"괜찮아?"

"도빈아, 언제 거기로 간 거야? 다치면 어쩔 뻔했어."

"그러게요."

한국이 아니라 일본이라서 방심하고 있었는데 여기가 더하다.

어린 나는 여전히 보호받아야 한다는 걸 뼈저리게 느꼈다.

'죽을 뻔했어.'

히무라나 박선영 또는 할아버지의 경호원이 없으면 함부로 돌아다니지 말아야겠다.

"그건 뭐야?"

"팸플릿."

최지훈이 마침 깜빡하고 있던 팸플릿에 대해 물었다.

어차피 살펴보려고 얻은 거라 펼쳐보니.

"SIMC?"

"센다이 인터내셔널 뮤직 컴피티션의 줄임말이래."

"……."

최지훈이 옆에 적힌 영어를 대신 읽어주었는데, 무슨 뜻인지 모르겠다.

"센다이 국제 음악 경연이란 뜻이야."

고개를 끄덕이고 읽어 내리니 알아볼 수 있는 글은 적지만 대충 어떤 느낌인지는 이해할 수 있었다.

"뭐라고 적혀 있어?"

"85년생 이후 출생한 사람만 참가할 수 있대. 나이 제한이 있나 봐."

"아, 응. 맞아. 그런 조건이 있었던 것 같았어. 다른 콩쿠르에서도. 다른 건?"

조금 더 읽어주었다.

"1위를 하면 300만 엔이랑 CD를 제작해 주네. ……센다이 필하모닉과 협연도 할 수 있다는데, 여기에도 오케스트라가 있나 봐."

팸플릿 읽는 소리를 들었는지 부원들이 몰려들었다.

"와, 상금 많다. 내 용돈보다 많아."

"협연? 재밌겠다."

'300만 엔을 용돈이랑 비교해?'

부잣집 자식들의 어이없는 말에 황당해하며 계속해서 읽었다.

"운영위원장에 에비사와 슌. 심사 위원장에 켄 도모타, 야시마 케이지. 여기 바이올린 콩쿠르도 같이하는 거였네."

"네가 출전했으면 좋았을 텐데."

"그렇게나 보고 싶어?"

"아니. 같이 나가고 싶어. 나중에 꼭 오자."

그럴 생각이 없다고 하면 슬퍼할 듯해서 굳이 대답하지 않았다.

좀 더 기다리자 로비로 홍승일이 누군가와 함께 오고 있었다.

키 크고 잘생긴 청년이다.

"자, 다들 인사해라. 너희 선배인 남궁예건이다."

"안녕. 반가워."

"안녕하세요!"

"와! 나 저 형 알아. 작년에 윌리엄 카펠에서 우승한 형이야!"

유명한 사람인가 보다.

"하하! 고마워. 알아볼 줄은 몰랐는데."

이렇게 어린애들이 자신을 알아봐 기쁜 듯. 남궁예건이 웃으며 홍승일과 우리 일행을 보았다.

"다들 귀엽네요. ……어? 배도빈. 배도빈 맞지?"

"안녕하세요."

"선생님, 말씀하시던 제자가 배도빈이었어요? 와, 진짜 대박이네. 도빈아, 앨범 잘 듣고 있어."

"고맙습니다."

"너 왜 나한테는 틱틱대면서 예건이한테는 예의 바르게 구냐?"

"당연하잖아요."

"하하하! 너도 선생님께 어지간히 시달린 모양이구나?"

"뭐라고!"

당연한 말인데 홍승일이 역정을 냈다.

그렇게 간단히 인사를 나눈 뒤 홍승일이 설명을 시작했다.

"여기 있는 너희 선배가 오늘 콩쿠르 결선에 올랐다. 직접 들으면 느끼는 바가 있을 거야."

"하하. 선생님, 너무 부담 주시는데요? 민망하잖아요."

"아무렴. 부담 가져야지. 너는 대한민국 피아니스트의 미래다."

사람을 부담스럽게 만드는 건 그의 천성인 듯하다.

그래도 남궁예건의 얼굴에서는 긴장하는 모습이 조금도 보이지 않았다. 그만큼 자신 있다는 말이니 필시 많은 노력을 했을 것이다.

"와, 그러면 형도 선생님한테서 배웠어요?"

"응. 너희 선생님 엄청 무섭지?"

"아니요! 재밌어요!"

"재밌어?"

'재밌다고?'

나를 제외한 다른 아이가 모두 홍승일을 좋아한다고 하니 남궁예건이 의아한 듯 되물었다.

"크흠. 말은 그쯤하고 어서 가서 준비해라."

"네. 그럼 이따 봬요. 너희도 재밌게 들어줘."

"네!"

관중석에 자리를 잡고 앉았는데 하필이면 홍승일과 바로 나란히 있는 자리였다.

조금 일찍 입장한 터라 팸플릿을 더 보고 있는데 홍승일이 작은 목소리로 입을 열었다.

"예건이 피아노 들은 적 있냐?"

"없어요."

"주목해야 할 게다. 그 나이 때 그 아이보다 잘 치는 사람 세계에서도 드물다."

홍승일이 이렇게까지 말할 정도라면 어느 정도일지 조금 짐작할 수 있다.

미래가 기대되는 인재.

"그리고 더욱 발전할 테지. 저 녀석 집이 가난해서 악착같이 노력하거든."

"좋은 자세네요."

직접 본 적은 없기에 대충 대답했다.

곧 센다이 콩쿠르 결선이 시작되었기에 홍승일도 더는 말하지 않았다.

♪

'확실히.'

센다이 필하모닉과 라흐마니노프의 피아노 협주곡 D단조를 연주한 남궁예건은 빛났다.

그의 표정에서 그가 연주를 즐기고 있음을 알 수 있었다. 마치 물새가 수면을 튕기듯 움직이는 날렵한 손 움직임도 마찬가지다.

그가 자아낸 소리는 흥겹다.

'10년쯤 뒤면 정말 물건 되겠는데.'

홍승일이 그를 높이 평가한 것도 납득되었다.

무엇보다 연주를 저리도 즐겁게 하니 더욱 발전할 수 있을 거란 생각이 들었다.

결선 첫 번째 날 일정이 끝나고 담임선생과 아이들이 일어나 모이기 시작했다.

홍승일이 앉은 채로 말했다.

"어떠했냐."

"잘하더라고요."

"그뿐이냐?"

"무슨 대답을 듣고 싶으신 거예요?"

"솔직한 감상."

조금 생각하다 좌석에 다시 앉아 말했다.

"힘은 있는데 음 표현력이 조금 아쉬워요. 음을 짧게 잡는 버릇이 있네요. 그런 단점이 즐겁게 연주하다 보니 듣는 사람도 즐거워져서 드러나진 않지만 고쳐야 하겠죠. 다듬으면 좋은 피아니스트가 될 거예요."

"이미 세계적으로 주목받는 피아니스트를 넌 고작 그 정도로 평가하는구나."

"솔직하게 말하라면서요."

어쩌라는 건지 모르겠다.

"그만큼 네가 다른 피아니스트보다 뛰어나다는 거다. 내가 왜 네게 집착하는지 알겠느냐?"

"……."

"예건이는 분명 훌륭한 피아니스트다."

잠시 말을 멈춘 홍승일이 이내 다시 이야기를 이어갔다.

"시작은 늦었지. 10살쯤이었나? 재능도 없고 시작도 늦은 편이라 이렇게까지 잘할 줄은 몰랐어. 정말 큰 기쁨이지."

재능이 없었다는 말에 조금 놀랐다. 10살이면 비교적 시작이 늦었던 것도 사실인데 분명 피나는 노력을 했을 것이다.

그런데도 저렇게 즐겁게 연주를 하니 조금은 흐뭇해졌다.

"하지만 그렇다고 객관적으로 봤을 때 거장이라 하기에는 무리가 있지. 이 콩쿠르에서 누가 우승할 것 같으냐."

"남궁예건이요."

"그래. 다른 참가자를 압도하고 있으니까. 하지만…… 이게 국제 피아노 콩쿠르 수준이다."

무슨 말을 하려는지 알 것 같다.

제법 재밌는 유흥이었지만 적어도 홍승일의 기준에서는 대회 참가자들의 수준이 낮다는 말이다.

남궁예건은 분명 훌륭한 피아니스트가 될 소질이 있지만 아직 개화하지 못한 상태.

그럼에도 쉽게 우승을 점칠 수 있다.

굳이 일본까지 와서 국제 콩쿠르를 직접 보여준 이유는 연주자들의 수준이 전반적으로 낮음을 보여주기 위함이리라.

"가우왕처럼 뛰어난 연주자가 간혹 나오기는 하지만 전체적으로 수준이 떨어지고 있는 것만큼은 사실이다. 클래식 음악가들의 수입 격차가 큰 것만 봐도 알 수 있지. 클래식은 죽어가고 있다."

히무라와 나카무라도 예전에 내게 비슷한 말을 한 적이 있었다.

'네 음악은 희망이다.'

아직 눈을 넓히지 못한 나로서는 느끼지 못해도 현대 클래식 음악계에 있는 사람들은 다들 비슷한 생각을 하는 걸 보니.

확실히 어려워지긴 한 모양이다.

"한 명의 천재가 나옴으로써 시장 자체가 달라질 수 있기 때문에 많은 사람이 네게 기대를 거는 것이다. 어린 너는 아직 이해할 수 없겠지. 그러나 분명 인지하고 있어야 한다고 생각한다."

홍승일이 고개를 돌려 나를 보았다.

"너는 희망이니까."

"희망?"

"그래. 희망이다."

관객들이 일어서 빠져나가기 시작했다.

"많은 아이가 예건이를 보고 피아니스트에 대한 꿈을 키울 거다. 하지만 아쉽게도 예건이는 좋은 피아니스트지 세대를 이끌 재목은 아니야."

귀가하는 관중들로 혼잡하고 시끄러운 와중에도 홍승일의 올곧은 눈빛과 의지에 찬 목소리는 온전히 전해졌다.

"하지만 너는 그럴 수 있다. 후대만이 아니라 이미 많은 음악가에게 영향을 미치고 있겠지. 그런 네가 활동하는 것은 어쩌면 의무일지도 모른다. 네가 많이 활동할수록 사람들은 클래식을 사랑하게 될 테지. 관심은 커질 테고 그건 인프라를 구성하는 초석이 될 거야."

"……."

"그러기에 희망이다. 클래식 음악에 다시금 생명을 불어넣어 줄 희망 말이다."

한 명의 뛰어난 음악가가 생김으로써 음악이 한 번 더 발전한다.

"이제 왜 내가 콩쿠르에 나가라 했는지, 연주회를 많이 가지라는지 알겠느냐?"

입맛을 다시자 홍승일이 다시금 일장연설을 이어갔다.

"위대한 음악가들은 후대에 큰 영향을 미쳤다. 바흐, 모차르트, 베토벤만 해도 말이다. 특히 베토벤은 세대를 바꿀 정도로 위대한 음악가였다. 낭만주의 음악은 베토벤이 만들어낸 것이지."

'기특한 소리도 하네.'

"그렇게 시대가 낳은 천재들에겐 분명 그 역할이 주어진 게

다. 음악은 수백 년간 축적된 그들의 유산이야."

무슨 말을 하고 싶은 건지 모르겠다.

"그러나 애석하게도 나는 축적된 음악을 후대로 전하지 못했다. 나 외에도 정말 많은 음악가가 더 좋은 음악을 후대에 전해주기 위해 그 가능성을 축적했지만 적어도 내가 본 사람 중에선 그걸 제대로 해낸 이는 없었다."

"선생님! 도빈아!"

홍승일이 말하는 도중에 담임교사가 우리를 불렀다.

"그러나 너는 가능해."

홍승일의 어조는 단호했다.

"너는 이 클래식 음악계를 아울러 더 나은 곳으로 이끌어갈 이정표가 될 아이다. 이 자리에 있는 사람들이 노력하여 축적한 것들을, 부디 언젠가 의미 있는 것으로 만들어주길 바란다."

'무슨 말을 하나 싶더니.'

그가 나를 얼마나 높게 평가하는지는 알겠다.

그의 말대로 어쩌면 내가 더욱 활발히 활동함으로써 클래식 음악을 향유하는 사람이 늘어날지도 모른다.

하지만 그의 말 중 이것만은 잘못되었다.

"틀렸어요."

"뭐?"

"바흐나 모차르트가 대단한 사람이긴 하지만 그들 때문에 시대가 만들어진 건 아니에요. 헨델, 하이든, 로시니, 살리에리 그 말고도 수없이 많았던 거리의 악사들까지. 그들 모두가 있었기에 지금이 있는 거예요. 위대한 음악가일지언정, 한 사람이 그런 거창한 일을 하진 못해요."

바다와 같은 바흐가 위대하지 않다는 말이 아니다.

그는 분명 위대한 음악의 아버지.

그러나 그만이 시대를 대표한다고 말하는 것은 오만이고 후대 음악가, 평론가들의 허상이다.

내가 빈에 있을 적에만 해도 수도 없이 많은 천재가 있었다.

어째서인지는 몰라도 지금은 모차르트와 나에 관한 이야기가 대부분이지만 당시만 해도 로시니와 살리에리 선생님의 음악이 더 사랑받았던 게 사실이다.

더하여, 내 후대에도 많은 음악가가 있었다.

그들 모두가.

음악사를 이룬 것이다.

"저를 좋아하는 사람이 많아지면 따라 하는 사람도 많아지겠죠. 자연스러운 일이에요. 강요받을 일이 아니고요. 그렇게 되면 또 새로운 흐름이 생길 테니 조급하게 생각하지 말아요."

말을 마치자 홍승일이 눈을 감고 한숨을 길게 내쉬었다.

"그게 네 생각이냐."

"네."

잠시 눈을 감고 무엇인가를 생각하는 듯했다.

"……그래. 어쩌면 내가 너무 조급했을 수도 있겠지. 더 늦기 전에."

"늦기 전에?"

"아니다. 다들 부르는구나. 가자."

동시에 일어났는데, 홍승일이 멈칫하는 바람에 얼굴을 그의 몸이 박고 말았다.

"아!"

"모든 음악가에 의해 만들어진 거라. 그럼 베토벤이 한 시대를 집대성하고 새로운 시대를 열었다는 말도 인정하지 않는 게냐?"

"그럴 리가요."

암. 사실이고말고.

"음. 그래. 그것만은 양보할 수 없더구나."

"처음으로 마음이 맞았네요."

센다이시 청년 문화 센터를 나서자 어머니께서 기다리고 계셨다. 먼저 나간 담임교사와 함께 이것저것 이야기를 나누고 계셨는데, 홍승일은 어머니를 보자마자 투덜댔다.

"요 꼬맹이 말솜씨가 보통이 아니더구나. 두 손 두 발 다 들었다."

"후훗. 저도 가끔 애먹어요. 도빈아, 재밌었어?"

"네. 다들 재밌게 연주하더라고요."

그렇게 일본에서의 두 번째 날이 저물었다.

다음 날.

내 예상대로 남궁예건은 제5회 센다이 국제 콩쿠르에서 우승을 차지했다. 상패를 받는 그는 담담했고 더 앞을 바라보는 듯했다.

그 미래가 더욱 기대되었다.

저녁이 되어서는 일행과 인사를 나누었다.

"축하해요."

"고마워."

진심으로 축하했다.

남궁예건도 기쁘게 받아들였다.

"출전할 수 있을 때 더 정진해야 한다."

"그럼요. 도빈이 같은 무서운 후배가 있는데 가만있을 수 있나요."

"음음."

홍승일과 남궁예건이 대화를 나누는 도중에 최지훈에게 인사했다.

"학교에서 봐."

"예전 매니저 아저씨 보러 간다고 했지?"

고개를 끄덕이자 최지훈이 말했다.

"난 내일까지 있으려고. 입상자 갈라 콘서트가 있대."

말하는 태도가 무척 고무되어 있었기에 최지훈이 이번 콩쿠르에서 뭔가 느끼는 바가 있었다고 생각했다. 자청해서 갈라 콘서트까지 듣고 돌아가려는 점도 그렇고 말이다.

"그래. 재밌게 봐."

"응! 너도 잘 다녀와."

그렇게 인사를 나누고 어머니께 가려는데 홍승일이 말을 걸었다.

"학교에서 보자꾸나."

그 목소리와 말투가 예전과 달리 조금은 온화했다.

그렇다고 금세 마음이 풀리진 않았지만 나 루트비히 판 베트호펜과 배도빈을 위대한 음악가로 생각하는 걸 아니, 조금은 관대해질 수 있을 것 같았다.

"네."

그렇게 인사를 마치고 서둘러 나카무라의 집으로 향했다.

"도빈아, 그런데 대화는 어떡하지?"

"제가 이야기할게요."

"일본말도 할 줄 알아?"

"네."

어머니께선 내가 음악을 하는 것보다 독일어나 일본어를 하는 게 더 신기하신 모양이다.

거리가 조금 있어서 저녁 시간이 좀 지난 뒤에야 도착할 수 있었다.

"나카무라 씨!"

"어서 오세요, 진희 씨. 도빈이도. 이야. 엄청 컸는데?"

"키는 별로 안 컸어요."

"하하하! 일본말도 늘었네."

"……안녕."

전자동 휠체어에 탄 나카무라와 그의 딸 료코 그리고 처음 보는 여성이 함께하고 있었다.

막 퇴근한 모양인지 정장 차림에 앞치마를 두르고 있었다.

"안녕하세요, 나카무라 요코입니다. 남편에게서 이야기 많이 들었습니다."

요코, 료코. 헷갈린다.

"어머나. 안녕하세요."

나카무라 가족은 나와 어머니를 반갑게 맞이해 주었다. 어머니께서 미리 준비하신 과일 바구니를 선물로 드리니 나카무라 요코가 웃으며 받아들었다.

"고마워요. 어서 들어오세요."

저녁을 함께한 뒤.

"하하하하! 그런 말을 들었단 말이지?"

"네."

"하긴. 나도 히무라도 널 그렇게 보고 있으니 말이야. 그나저나 홍승일이라……. 들어본 것 같기도 하고."

"신경 쓸 필요 없어요."

내 말에 나카무라가 입맛을 다신 뒤 다시 주제로 돌아왔다.

"하지만 나도 그분과 비슷한 생각이긴 해."

"어떤 점에서요?"

"넌 모르겠지만 네 곡이 일본에서는 정말 큰 희망을 주었거든. 다들 네 협주곡을 들으며 위로받았다고 생각하니까. 팬들이 몰려들어서 힘들었다고 했지? 네 생각보다 일본은 너를 훨씬 더 많이 사랑하고 있을 거야."

고마운 일이다.

"그런 점에서…… 강요할 수 있는 일은 아니지만 활동에 더 적극적이면 좋지. 최근에는 연주회라든지 하지 않았잖아."

듣고 보니 그렇다.

무리한 일정 때문에 주변 사람들이 걱정한 뒤로는 딱히 일정에 구애받지 않았다.

'인크리즈'와 '더 퍼스트 오브 미'의 오리지널 스코어 작업을 하고 지금까지 대략 1년 6개월. 그동안 연주회는 딱 한 번 가졌고 그 외에는 대외활동은 하지 않았다.

나름대로 규모가 있는 일을 하느라 바빴던 내 입장과 별개로, 공연을 볼 수 없었던 팬들은 애가 탔다는 뜻.

'홍승일도 그런 걸 말하는 건가.'

이렇게 쉽게 좀 말하지.

"그러네요."

"응. 하지만 절대로 무리해선 안 된다? 네가 어려서가 아니라 성인이 된 뒤에도 그러면 안 돼. 히무라 녀석에겐 단단히 일러두었으니 걱정 말고."

"히무라가 나카무라한테 혼나고 일주일이나 우울해했어요."

한창 바빴을 때의 일을 떠올리며 말했다.

"다행이네. 그 정도로 반성하지 않으면 안 되지."

"하하하하!"

"하하하하!"

그렇게 그간 하지 못했던 이야기를 나누었다.

"그래서, 요즘엔 무슨 작업을 하고 있어?"

"앨범 만들어야 해요. 너무 미뤘거든요."

"좋지. 사실 네 선생님이 추천한 콩쿠르도 일이야. 네 경우가 워낙 특이해서 그렇지 보통은 다들 콩쿠르를 통해 경력을 쌓아가거든. 기회도 잡고. 굳이 지금의 네겐 필요 없을지도 모르겠지만…… 비슷한 또래와 경쟁한다는 사실만으로도 괜찮겠지."

"저도 그렇게 생각하게 되었어요. 추천해 줄 거 있어요?"

"흐음. 나이 때문에 나갈 수 있는 대회가 그리 많지는 않을 거야. 그래서 지금은 크게 의미가 없을 것 같고."

나카무라가 조금 더 고민하더니 혼자 중얼거렸다.

"뭔가 색다른 연주회 같은 걸 하면 좋을 것 같은데."

"색다른 연주회?"

"뭔가 이목을 집중시킬 만한 일?"

"그게 뭔데요?"

"그걸 모르겠네."

답이 없는 일이라 대답하기 어려운 듯하다.

"아무튼 괜히 어린애들 나가는 곳에 출전했다가 애기들 노는 데 어른이 꼈다는 말을 들을 수도 있으니 초등부 콩쿠르는 나가는 게 독이라고 봐."

"저도 애잖아요."

"누가 널 일곱 살로 보겠냐. 넌 이미 충분히 관심을 받고 있어서 그런 이미지 관리도 해야 해."

역시 나카무라.

대화가 잘된다.

"그럼 유명한 콩쿠르는 뭐가 있는데요? 나중에라도 참고하게요."

"우선은 역시 차이콥스키와 쇼팽 그리고 퀸 엘리자베스 콩쿠르지. 반 클라이번이나 파가니니 콩쿠르도 권위 있고."

생각보다 국제 콩쿠르가 많다.

"베트호펜 콩쿠르는 없어요?"

"왜 없겠어. 너무 많아서 탈이지. 본 베토벤 콩쿠르도 유명한 편이야. 한국에서도 입상한 사람 몇 있을걸?"

거기는 한번 나가봐야 할 듯하다.

"그럼 방학 중에는 곡 작업으로 바쁘겠네? 이번에는 어떤 느낌이야?"

"피아노곡 위주로 만들려고 해요."

"피아노? 바이올린이나 관현악이 아니라?"

대부분의 활동을 바이올린으로 하여 피아노에 대해서는 그리 많이 생각하지 않은 모양이다.

"나중에 제 이름이 걸린 피아노 콩쿠르가 만들어지려면 피아노곡이 많아야 할 테니까요."

"하하하하! 정말 못 당하겠다. 생각이 아예 다르네. 그래. 너라면 가능할 거다."

"물론이죠."

당연한 일이다.

♪

일본에서 돌아오고.

두 번째 앨범, '배도빈: 두 대의 피아노를 위한 협주곡'을 만들다 보니 시간이 훌쩍 흘렀다.

'좋은데.'

여름방학을 지나 2학기 중간고사를 치렀을 무렵에는 아홉 곡의 협주곡을 완성할 수 있었다.

'더 퍼스트 오브 미'의 테마곡을 녹음하면서 얻은 영감을 바탕으로 자연을 주제로 만든 곡.

예를 들어 '숲'은 숲에서 연주해 자연스럽게 숲의 바람과 새들의 노래가 더해지면 좋을 것 같다고 생각한다. 물론 중간중간 변주를 해야 해서 함께 연주하는 연주자의 실력이 뛰어나야 한다는 문제가 남아 있지만 말이다.

'누구랑 하지.'

녹음을 누구와 함께하는가에 대해 고민하고 있는데, 히무라가 가우왕이란 사람을 다시 한번 추천하였다.

"저번에 거절했잖아요."

"그래도 꾸준히 연락을 해와서 말이야. 나도 사실 그때 일이 이뤄지지 않아서 아쉬웠어. 가우왕 정말 대단한 피아니스트거든."

히무라가 이렇게까지 추천하고 저쪽에서 오랜 시간 몇 번이나 요청할 정도니 한 번쯤은 만나봐도 괜찮겠다고 생각했다.

그렇게 그와 만나게 되었는데.

"반가워."

"반가워요."

우리나라 나이로 스물아홉. 만으로 스물여덟 살의 젊은 중국인인 가우왕은 역시 예전 느낌대로 대단한 기교파였다. 고작 하루 연습했을 뿐인데 처음 보는 곡을 곧잘 연주하게 되었다.

화려한 느낌을 살린 소나타 형식의 '폭포'와 오랜만에 예전 감성을 떠올려 만든 '루시퍼'에 대해서는 얼마간 더 연습하면 훌륭하게 연주할 수 있을 거라 생각했다.

'감정 표현에 대해서는 좀 아쉽지만.'

히무라의 말대로 이만한 피아니스트를 섭외하는 것도 어려운 일인 걸 감안하면 어느 정도는 타협해야 할 것 같다.

그렇게 가우왕과 나흘째 곡을 맞춰보는데 그가 히무라를 통해 물었다.

"이제 슬슬 계약해도 되지 않겠어? 맞춰보는 것은 충분한 것 같은데."

히무라가 그의 말을 적당히 순화해 내게 전달해 주었는데, 실제로는 상당히 건방지게 말한 듯했다. 태도가 무척 오만했기 때문이다.

"저 사람 정확히 뭐라 그랬어요?"

내 성격을 잘 아는 히무라가 어쩔 수 없다는 듯 사실대로 전

해주었다.

"자기가 한국에까지 와서 4일이나 맞춰주었다고 생색을 내는 거야. 더 이상 지체하지 말자는 거지."

"네."

"사실 가우왕 정도 되는 사람이면 그렇게 말할 만도 해. 너와 함께하기 위해서 우리를 배려한 것도 사실이니까."

가우왕이 나를 보고 싱긋 웃는다.

분명 뛰어난 피아니스트고 그의 연주는 화려하다. 고개 젖히면서 긴 머리카락을 상모 돌리듯 휘두르는 건 싫지만 말이다.

"흥하게 왜 저래요?"

"하하하하하!"

왜 저렇게 피아노 앞에서 설쳐대냐는 질문에 히무라가 설명한 쇼맨십이라는 것도 관객의 반응을 이끌어내기에 도움이 되는 수단 같다.

연주만으로 승부하는 게 옳다고 생각하지만 요즘에는 그런 것도 연주회의 일부로 자리 잡은 듯하다.

'끝음을 충분히 표현하지 않아. 버릇인가.'

손놀림은 빠른데 건반을 끝까지 누르지 않는 것도 불만이었다.

처음에는 곡 해석에 대해 생각이 다른가 싶었는데 모든 음을 가볍게 치는 걸 봐서는 내가 악보에 적어둔 지시사항을 무시하는 모양이다.

문득 그런 생각이 들자 굳이 함께할 필요성에 대해 의문이 들었다.

'……내가 언제부터 타협을 했지.'

인기 있는 피아니스트고 분명 강점이 있지만 함께하기엔 꺼림칙한 점이 있다. 특히 같은 음을 반복 연주하는 전조 단계는 이해가 전혀 없었다.

긴장감을 유발하는 아주 중요한 부분이라 한마디 했다.

"가우왕, 여기 음 표현이 잘못됐어요."

"뭐?"

자신이 무엇을 놓쳤는지에 대해 모르는 것 같아 피아노 건반을 눌러 직접 들려주었다.

"이렇게 음마다 다르게 연주해야 의도한 느낌을 줄 수 있어요."

"하지만 박자도 음계도 똑같잖아?"

"건반을 누르는 방식에 따라 달라요. 빠르고 깊게 눌러야 해요. 앞선 음은 간결하게. 그래야 뒤따르는 음이 좀 더 울리는 느낌을 받을 수 있어요."

"하하하하!"

크게 웃은 가우왕이 고개를 저으며 말했다.

"혹시 내가 마음에 안 드는 거야? 그래서 이런 트집을 잡는 건가?"

"가우왕 씨, 그게 아닙니다."

"그럼 무슨 뜻으로 받아들여야 합니까, 히무라 쇼우 씨. 당신이 듣기에도 제 연주와 방금 배도빈이 낸 소리가 다릅니까?"

"그건……."

가우왕이 히무라에게 뭐라 말했고 히무라는 그에 대해 대답을 제대로 하지 못했다.

"뭐래요?"

"네 연주와 자기 연주가 다르지 않다고 말하고 있어."

어이가 없어 잠시 말문이 막혔다.

"그래. 음마다 다르게 표현할 수야 있지. 하지만 울리는 느낌을 주다니. 그게 말이나 되는 이야기야?"

"직접 듣고도 모르겠어요?"

히무라가 적당히 말하곤 있지만 이미 가우왕의 비아냥대는 태도만 봐도 매우 무례하게 말하고 있음을 알 수 있었다.

"피아노가 어떤 구조로 되어 있는지조차 모르는군. 현을 치는 해머는 그 세기에 따라 달라질 뿐이야. 울리는 느낌? 나를 4일씩이나 머물게 해놓고 이제 와서 구조적으로 불가능한 말을 하면 나는 어떻게 받아들여야 하지?"

이 사람은 멍청이다.

건반을 치는 기계일 뿐이라는 생각밖에 들지 않았다.

건반을 칠 때의 손가락의 접촉면, 깊이에 따라 얼마든지 음색에 변화를 줄 수 있고 앞선 음과의 배치와 연주법에 따라 얼마든지 여운을 남길 수 있다.

미세하지만.

분명 차이가 있다.

"그런 것에 신경 쓸 바에는 내 속주에 집중하라고. 이런 느린 곡으로는 나도 듣는 사람도 만족할 수 없을 테니까."

그러나 그것을 조금도 중요하게 생각하지 않는 이 사람과 함께할 수 없다고 판단했다.

"히무라."

"응?"

"정확히 전달해 주세요. 당신과는 연주하지 않겠다고. 분명히요."

"도빈아, 잠깐."

"관계 생각할 필요 없어요. 앞으로도 이 사람과 함께할 생각 없어요. 수준 이하예요."

"……."

"뭘 걱정하는지 아는데, 이런 사람과 함께 녹음해서 질을 낮출 바에야 차라리 내지 않는 게 나아요. 그러니 거절해 주시고 앞으로도 이 사람과 함께하지 않았으면 해요."

"……알았다."

히무라는 입장상 난감할 수밖에 없다. 그러니 내가 단호해

저야 한다.

이런저런 사정으로 인해 어쩔 수 없이 순화해서 말할 거라는 것은 알고 있지만 가우왕이란 사람과 녹음 작업을 함께할지 말지에 대해서는 내가 확고해야 히무라도 움직이기 수월하다.

결국 히무라가 그를 돌려보냈고.

그와는 다시는 만나지 않기를 바랐다.

[세계적 피아니스트 가우왕, "배도빈의 음악세계는 유아적"]

[독일 아리아, 가우왕, 배도빈의 공동 작업이 불발됨에 유감 표명]

[세기의 만남이 비극으로 치달은 이유는?]

2년 전, 천재 작곡가 배도빈의 두 번째 앨범 녹음에 세계적인 피아니스트 가우왕이 합류한다는 이야기가 나왔다.

비록 배도빈의 일정상 당시에는 불발되었지만 그 이후로도 가우왕의 소속사 독일 아리아는 샛별 엔터테인먼트에 러브콜을 보내왔다.

두 사람의 콜라보레이션에 대한 기대가 나날이 이어지던 도중, 결국 사전 미팅을 가지던 두 사람이 결별했다는 소식이 지난 19일 양측 소속사를 통해 공식적으로 발표되었다.

무슨 일이 있었냐는 질문에 가우왕은 다음과 같이 대답했다.

"작곡가로서의 그는 뛰어나지만 신이 그에게 연주 실력과 인성은 주지 않은 것 같습니다. 그는 독단적이며 편협합니다."

원색적인 비난을 하는 가우왕과 달리 '독일 아리아'는 조심스러운 입장을 지키고 있지만 샛별 엔터테인먼트의 대표 히무라 쇼우가 적극적으로 반론을 제시하면서 두 업체의 관계는 첨예하게 대립 중이다.

-이필호(관중석)

가우왕은 자신의 연주를 지적한 배도빈을 공격하는 데 주저하지 않았다.

그 역시 두터운 팬층을 가지고 있었고 클래식 음악계에서 그의 실력에 대해 의문을 제기하는 사람은 극소수였다.

간혹 나이 많은 사람들이 그의 해석이 너무 가볍다고 평했지만 그의 연주회는 언제나 만원이었다.

그것이 가우왕의 자신감이었다.

누가 뭐라 해도 그의 티켓 파워는 현재 그 어떤 피아니스트보다도 압도적이었기 때문이었다.

ㄴ대체 무슨 일이 있었는데 가우왕이 저렇게 말하고 다니냐?

ㄴ샛별 엔터테인먼트에서는 음악적 의견 차이 때문이라고 발표했음.

ㄴ근데 저딴 식으로 말함? 얼척 없네. 애기 상대로 다 큰 인간이 무슨 짓이냐?

└그러니 더 그런 듯. 자기보다 한참 어린애한테 지적당해서 바들바들대는 거 아니겠음?

└진짜 구질구질하다.

└다른 건 몰라도 피아노 실력으로는 가우왕 준거장급인데 저리 말할 정도면 무슨 일 있었던 거 아님?

한국 내 반응은 배도빈에 대한 우호적이었다.

그러나 가우왕의 중국 팬들이 나서면서 양국 팬들이 맞붙게 되었다.

└도빈배은 연장자 선배 악사까지 예우를 갖춰야 한다.

└번역기 제대로 돌려라.

└그래미상 받은 음악가한테 충고 들었으면 아, 예. 감사합니다 하고 받아들여야지 쪼잔하게 십랔ㅋㅋㅋ

└한국은 속국으로써 분수대를 모름.

└와, 살다 살다 이런 개솝소리를 듣네. 속국이 뭐? 짜장면 새끼들이 못하는 말이 없어.

└가우왕이 뉘 집 애냐? 배도빈보다 유명함? 죽음의 유물 1, 2부 OST만 해도 버로우 타야지.

└피아노는 가우왕이 더 잘 칠 듯.

└응~ 개소리~

ㄴ배도빈이 작곡가로서 성공한 건 맞지만 연주자로서는 아직임. 바이올리니스트라면 모를까. 솔직히 피아노는 연주회 한 번 안 했잖아. 어디 콩쿠르 나가서 상을 탄 적도 없고. 증명되지 않은 걸로 싸우지 말고 그냥 무시하셈. 님들이 안 그래도 배도빈 천재인 거 모르는 사람 없음.

ㄴ저 새끼들이 지랄하니까 이러는 거잖아, 이 빡대가리야.

각 국가의 팬들 사이에서 논란은 더욱 확산되었다.

결국에는 '누가 더 피아노를 잘 아는가'에 대한 이야기가 나올 수밖에 없었고 이에 대해 중국 측 클래식 팬들은 실적을 입증한 가우왕에 비해 배도빈은 여태 보여준 것이 없다며 비난했다.

한국 팬들도 배도빈의 '피아노와 바이올린을 위한 모음곡'의 연주를 배도빈이 직접 연주한 거라면서 반격에 나섰지만 그 외 피아니스트로 활동한 적이 없었기에 자꾸만 밀리는 상황이었다.

ㄴ거장 가우왕 ⟩⟩⟩ 반도 꼬맹이ㅎ

ㄴ아 ㅅㅂ 개빡치네.

ㄴ이 지경이면 차라리 둘이 어디서 붙었으면 좋겠다.

ㄴㅇㅈㅇㅈ

ㄴ근데 도빈이 진짜 피아노 잘 치는 거 맞음?

이에 대해 보고를 받고 있던 유장혁 회장은 머리끝까지 화가 나 당장 법적 대응을 하기 위해 준비했다.

"가우왕인지 가왕인지 그 새끼랑 소속사 전부 고소해!"

"네. 알겠습니다."

유장혁 회장의 성격을 잘 아는 김 실장은 군말 없이 지시를 수행하기 위해 서둘러 방을 나섰다.

'후우. 큰일 났구만.'

유장혁 회장을 10년 넘게 보좌한 그도 지금처럼 화가 난 유 회장을 본 적이 없었다.

"망할 놈의 새끼들. 감히 내 새끼를 건드려?"

그러고도 분이 풀리지 않은 유장혁은 씩씩 숨을 몰아쉬었다.

-회장님, 손자분 가족이 도착했습니다.

"오, 그래?"

잠시 뒤 딸 가족이 들어서자 유장혁 회장은 언제 그랬냐는 듯 귀여운 손주를 향해 두 팔을 벌렸다.

"안녕하세요."

"그래그래. 도빈아. 어서 와라."

포옹을 꺼려하는 배도빈을 억지로 끌어안은 유장혁에게 유진희가 물었다.

"실장님 급하게 가시던데, 무슨 일 있어요?"

"아. 그 가우왕인지 뭔지 하는 놈 때문에 일 좀 처리하라 시켰다."

그 말을 내뱉자 품에 안겨 있던 배도빈이 말했다.

"무슨 일이요?"

"그런 놈들은 본때를 보여줘야지. 이 할아버지만 믿어라. 입 함부로 놀리면 어떻게 되는지 단단히 혼을 내주마."

"그러실 필요 없어요."

"음?"

"도빈이가 그렇게 자신 있으면 연주회 가지자고 얘기했대요."

유진희의 설명을 들은 유장혁은 두 눈을 크게 뜨고 배도빈을 보았다. 실력으로 찍소리 못하게 눌러주겠다는 말인데, 그 패기는 높게 사지만 선뜻 걱정이 되었다.

"그걸로 정말 괜찮으냐?"

"네. 연주 대결을 하면 보러 오는 사람도 많을 거래요."

"그렇기야 하겠지."

"방송도 할 수 있대요. 그럼 사람들도 많이 보고요."

"그야……."

"혼도 내주고 돈도 벌면 좋잖아요. 그래서 해보자고 했어요."

"뭐, 뭐라고?"

어린 손자가 그 많은 사람에게 욕먹고 비난받아서 얼마나 상심이 컸을까, 걱정했던 유장혁은 놀라지 않을 수 없었다.

이런 상황에서 직접 실력을 증명하고 그로 인해 돈까지 벌겠다는 생각에 기특하다기보다는 당황스러웠다.

"엄마 아빠랑 히무라도 할아버지랑 똑같았어요."

"정말 아버지 닮아서 그런지 못 말려요. 승일 아저씨도 신나서 도와주겠다고 하고 난리도 아니었어요."

배도빈은 어른 중 유일하게 자신의 편에 서서 대결을 해야 한다고 주장한 홍승일을 이용. 결국에는 히무라 쇼우의 승인 아래 일을 진행할 수 있었다.

"그걸로 돈 벌면 할아버지 맛있는 거 사 드릴게요."

손자의 말에 유장혁은 허허 하고 웃었다.

그러나 이내 그 귀여운 얼굴 가득 피어오르는 분노를 읽고는 고개를 끄덕였다.

"암. 내 손자라면 그래야지. 할아버지가 도와줄 수 있는 건 뭐든 도와주마. 장소는 준비되었느냐."

"걱정 마세요."

배도빈이 웃었다.

똑똑-

부실 개인 연습실에서 피아노를 연습하고 있는데 누군가 문을 두드렸다.

고개를 돌리니 최지훈이 안으로 들어왔다.

"차 마시고 할래? 향이 좋아."

꽤 오래 연습하고 있었던지라 거절하지 않았다.

"웬 차?"

최지훈이 밖을 가리켰다.

유리벽 뒤로 집사 할아버지가 테이블 위에 찻잔과 다기를 세팅하고 있었다. 정말 대단한 부잣집 아들이다.

"오렌지 주스는 없어?"

"엄청 좋아하네. 그럴 것 같아서 부탁드렸어. 좀 쉬다 하자."

눈치가 좋게도 당분이 많이 들어간 오렌지 주스를 준비해 두었다는 말에 기쁜 마음으로 연습실을 나섰다.

단맛은 덜하지만 바삭한 식감이 좋은 쿠키도 함께 있어 입이 즐거웠다.

이런 훌륭한 티타임을 준비해 주었음에 인사했다.

"감사합니다. 잘 먹을게요."

"많이 드십쇼."

"같이 드세요."

"괜찮습니다. 그럼."

집사는 인자하게 웃어 보인 뒤 부실 밖으로 향했다.

매번 어디서 뭘 하며 기다리는 걸까.

나로서도 연배가 위라 생각되는 그가 최지훈을 따라 돌아다니는 걸 생각하면 조금 안타깝다는 생각도 들었다.

"아, 맛있다."

"그치?"

일단은 준비해 준 거니 감사히 먹고 있는데 항상 재잘재잘 떠들던 최지훈이 조용하다. 뭔가 화제를 꺼내려 주변을 둘러보니 홍승일이 보이지 않는다.

"그러고 보니 할아버지가 안 보이네."

"할아버지? 아, 선생님."

고개를 끄덕였다.

"아까 잠깐 일이 생겨서 어디로 간다고 하셨어."

주스를 한 모금 마시고 시계를 보자 저녁 6시. 다섯 시간 정도는 연습실에 박혀 있었던 모양이다.

"넌 왜 안 가고 있었어? 과외 있지 않아?"

"응. 이거 마시고 집에 가야 해. 나도 더 연습하고 싶은데."

"천천히 해."

"하지만 넌 더 열심히 하잖아. 난 더 노력해야 하는데……."

유약한 말투와 달리 녀석은 꽤 분해 보였다. 어딘가 조급해 보이기도 하고 말이다.

"무슨 일 있어?"

"어? 아, 아니. 그런 거 없어. ……괜찮은 거야?"

"뭐가?"

"가우왕이랑 연주대결 하기로 했잖아. 다들 엄청 기대하고 있던데."

"뭐. 그럭저럭."

"화났지?"

티가 났나.

드러내지 않으려고 생각했는데 최지훈이 눈치챌 정도라면 아마 내 주변 사람들은 다들 알고도 모른 척해주고 있는 모양이다.

'건방진 놈.'

최지훈의 말대로 화가 났다.

머리끝까지.

작업을 함께하지 않은 과정에서 서로의 입장 차이가 생기는 것은 어쩔 수 없는데 문제는 놈의 태도.

나와 대화하는 와중에도 계속해서 비아냥대듯 비웃는 것도 참아주었거늘.

언론을 통해 내 음악에 대해 헛소리를 해대기까지 하니 도저히 참아줄 수가 없었다.

히무라는 법적 대응을 하겠다고 했지만 그런 걸로 분이 풀릴 리 없다. 찍소리도 못 내도록 그 높은 코를 뭉개야 속이 후련할 것 같다.

그러기 위해서라도 녀석이 가장 자신 있는 종목을 선택해야 한다고 생각했다. 그래야 그 근거 없는 자신감을 무너뜨릴 수 있을 테니 말이다.

"으음. 마음은 이해하지만 나는 별로 좋은 선택은 아닌 것 같아. 다른 방법도 얼마든지 있을 거야."

당연히 처음에는 반대가 많았다.

부모님과 샛별 엔터테인먼트가 반대했는데 홍승일이 적극 찬성.

거기에 푸르트벵글러와 사카모토 료이치까지 재밌을 것 같다는 반응을 보이자 어머니 아버지와 히무라도 결국에는 수락할 수밖에 없었다.

-암! 잘 생각했다! 음악가라면 입만 놀리지 말고 당당히 실력으로 이야기해야지! 시간을 내서라도 공증을 서주마!

-마에스트로! 또 어딜 간다는 거예요?

푸르트벵글러와 통화를 하는 와중에 카밀라의 목소리가 전화기 너머로 들렸다.

-이런 재밌는 일을 두고 가만있으라는 거야? 크흠. 그래, 도빈아. 시간과 장소만 알려다오.

-안 돼요! 연말이면 바쁠 텐데 어쩌려고 그렇게 무책임하게 말씀하시는 거예요?

두 사람은 여전한가 싶어 새삼 베를린이 그리워졌다.

한편 사카모토는.

-껄껄. 재밌겠구만. 기왕 하는 거 축제처럼 해보는 건 어떤가.

"축제요?"

-그런 게 좀 더 효과적인 텐데. 기왕이면 관객도 초청하고 말이야. 그 돈으로 기부도 하고 그러면 아주 의미가 있을 거야. 그렇게 생각하지 않나?

역시 사카모토. 좋은 생각이다.

"맞아요. 그래서 말인데 사카모토도 함께해 줬으면 좋겠어요. 공중해 줄 사람이 필요할 것 같거든요."

-오오. 그런 재밌는 일에 빠질 수야 있나. 시간과 장소만 알려주게. 아, 블레하츠도 관심이 있을 텐데.

"초청장 함께 보낼게요."

-기다리고 있겠네.

그렇게 조금씩 계획은 구체화 되었고 히무라는 그래모폰의 기자 한스 레넌을 비롯한 여러 언론에 기사까지 내면서 가우왕을 자극했다.

"말렸던 것치곤 꽤 본격적이네요?"

"하기로 정했으면 제대로 해야지. 이번 연주회로 돈 벌자고

한 건 네 생각이잖아?"

"자선사업은 아니니까요. 아, 근데 기부할 돈은 나올까요?"

"글쎄. 화제성은 충분하다 못해 넘칠 정도라…… 괜찮을 것 같아. 단가를 좀 맞춰봐야지."

처음에는 망설이던 히무라도 아주 이쪽에 동조해 신나게 일을 진행시켰다.

더불어 외할아버지까지 이 대결에 후원을 해주면서 가우왕은 거절할 수 없는 상황에 이른 듯했다.

"가우왕도 중국 팬들의 바람을 무시할 순 없을 테니까."

이러니저러니 해도 중국 내에서는 가우왕의 승리를 확실시하는 모양인지라 이 대결을 거절할 수 없을 거라고 히무라가 덧붙였다.

결국 가우왕은 대결을 수락했고 날짜는 내가, 장소는 가우왕이 정하였다.

심사 위원이라 해야 할지 공증인도 서로 공평하게 3명씩 선출하기로 했는데.

내 경우에는 베를린 필하모닉의 상임지휘자 빌헬름 푸르트벵글러, 그래미 위너 사카모토 료이치 그리고 2005년 쇼팽 국제 피아노 콩쿠르 우승자 출신의 미카엘 블레하츠가 함께해주었다.

가우왕 측에서는 '그래모폰'의 편집장 로타어 클로제와 완벽한 피아니스트이자 가우왕의 스승이라는 크리스틴 지메르만 그리고 차이나 내셔널 심포니의 지휘자 톈지안으로 결정.

그렇게 12월 29일, 베이징에서 건방진 후배 놈에게 참된 교육을 해줄 수 있게 되었다.

"화난 거 맞지?"

"조금."

"……가우왕은 정말 엄청 유명한 피아니스트잖아. 이길 수 있어?"

뭐가 그렇게 조심스러운지 최지훈이 걱정스레 물었다.

"당연하지."

"다, 당연해?"

"그럼 내가 질 것 같아?"

"그치만 상대는 어른이잖아. 게다가 상도 엄청 많이 탔고."

"그런 게 그 사람의 실력을 보여주진 않아. 연주만이 증명할 수 있지."

내 말에 최지훈이 웃었다.

"맞아. 연주가 젤 중요해."

"네가 듣기에 그 사람이 나보다 잘 치는 것 같아?"

"으음……."

그러고 보니 예전, 최지훈이 이승희를 처음 만났을 때 '존경하는 음악가는 가우왕입니다'라고 말했던 것 같다.

존경하는 피아니스트와 친구의 대결이라.

어느 쪽을 응원해야 하는지 고민할 수밖에 없겠지만 앞으로 훌륭한 피아니스트가 되려면 귀는 정확해야 한다.

"그게 헷갈릴 정도면 아직 멀었어. 더 연습해. 좋은 연주 더 많이 듣고."

"힝."

현재 전 세계에서 가장 인기 있는 두 음악가의 매치는 잠잠했던 클래식 음악계를 넘어 일반인들 사이에서도 화제가 되었다.

곧 거장의 반열에 이를 만 28세의 피아니스트와 여러 언론과 전문가 그리고 대중에게서 21세기 최고의 작곡가로 평가받는 만 7세의 어린 천재.

더군다나 자연스럽게 한국과 중국 양국의 자존심 싸움까지 이르니 흥하지 않을 수가 없었다.

심지어는 이 대결의 결과에 대해 배팅까지 이루어질 정도였으니 대중의 관심이 얼마나 달아올랐는지 알 수 있었다.

피아노 1대1 매치.

전근대에서나 있었을 법한 이러한 기회를 언론이 놓칠 리 없었다.

"당장 인터뷰들 따와!"

"배도빈이랑 가우왕 양측 모두 인터뷰 거절하고 있습니다."

"머리는 됐다 뭐 해! 유명한 사람들한테라도 물어봐! 누가 이길 것 같냐고!"

"아무래도 연주에 있어서는 가우왕이 우세하다고 생각합니다. 여러 콩쿠르에서 압도적인 실력을 증명해 냈으니까요."

"배도빈의 피아노 연주는 CD를 통해서만 들었지만 무척 인상 깊었습니다. 그가 왜 바이올리니스트로 활동했는지 의아할 정도로 말이죠. 하지만 가우왕과 비교하면 어느 쪽이 나은지 알 수 없군요."

"어린 천재의 도발을 받은 가우왕이 부담을 느끼지 않을까 싶네요."

각 언론은 클래식 업계에서 이름을 알린 사람이라면 모두 한 번씩 '배도빈 vs 가우왕 피아노 경연'을 언급했다.

대부분 배도빈의 음악적 기량은 인정했으나 작곡에 한한 이야기.

세계적인 피아니스트 중에서도 손꼽히는 가우왕과의 연주에 있어서는 아무래도 불리하다는 의견이 많았다.

ㄴ이거 괜히 쪽 당하는 거 아님?

ㄴ그럴 리가 없음. 우리 도빈이가 세계 체고임.

ㄴ최고 븅신아. 최고.

ㄴ드립이야 아조씨…….

ㄴ그렇게만 볼 게 아님. 가우왕 잘 모르는 사람 많은 것 같은데 피아노 듣는 사람 사이에선 실력으로는 탑급으로 쳐주고 있음. 비슷한 나이에서는 압도적임.

ㄴ그래서 그래미상 받음?

ㄴ븅딱아. 그래미상을 작곡으로 받았지 피아노로 받았냐?

ㄴ도빈이가 이겼으면 좋겠다ㅠㅠ

음악계 종사자가 아닌 사람들조차 업계 관련자와 인터넷 전문가들의 말에 조금씩 불안해질 수밖에 없었다.

그들의 말대로 피아니스트로서 배도빈이 보여준 것이 너무나 적었던 탓이었다.

그런 와중에 이 시대 최고의 피아니스트라 칭송받는 사카모토 료이치와 미카엘 블레하츠가 입을 열면서 분위기는 최고조로 올랐다.

"도빈 군과는 그가 다섯 살 때부터 함께 알고 지냈습니다. 그때부터 이미 저와 피아노를 치며 놀곤 했는데 저는 단 한 번도 그보다 잘 연주한다고 생각해 본 적이 없어요."

"미국에서 처음 만난 도빈 군은 베토벤의 소나타를 연주했습니다. 제가 들은 그 어떤 베토벤보다 훌륭한 연주였습니다."

ㄴ캬ㅋㅋㅋㅋㅋㅋ 그럼 그렇지!

ㄴ자신이 있으니까 함 붙자고 한 거넼ㅋㅋㅋ

ㄴ사카모토 료이치랑 블레하츠 둘 다 배도빈이랑 친함. 그냥 언플일 수도 있음.

ㄴ답답아, 이런 일 있을 때 유명한 사람들은 입조심 하는 거 모르냐? 괜히 누구 편 들었다가 상대방하고 사이 나빠지고 예측도 틀리면 이미지만 손상되는데 왜 그러겠냐? 친해서 그런 게 아니라 진짜 배도빈이 연주 잘하니까 저런 말 하는 거잖아.

ㄴ아 진짜 재밌겠다.

ㄴ포스터도 나옴ㅋㅋㅋㅋㅋ

ㄴ[링크]

ㄴ어느 쪽이든 지면 진짜 개쪽임.

ㄴ혈 포스터 쩔어. 도빈이 너무 귀엽다 진짜.

ㄴ사진 잘나왔네.

♪

　한편 중국에서는 가우왕이 여유롭게 지내고 있었다.

　매일 늦잠을 자서 오후 늦은 시간이 되어서야 일어났다.

　"괜찮은 거야?"

　"그럼. 내 실력 못 믿어?"

　경연 날짜가 정해지고도 아무런 준비를 하지 않는 가우왕을 보며 매니저가 걱정스레 물었다.

　그러나 가우왕의 입장은 한결같았다.

　"어차피 번갈아 가면서 하나씩 치고 똑같은 곡을 받아치는 룰이잖아. 내가 걔보다 연주를 못 하겠어? 아니면 뭐 레퍼토리가 부족할까 봐? 걱정 마. 그 건방진 꼬맹이한테 진짜 피아니스트의 실력을 보여줄 테니까."

9살, 운명이 문을 두드렸다

"그래. 네가 그렇게 말하면 괜찮은 거겠지. 그럼 쉬어."

"그래. 걱정 말고 들어가."

매니저가 떠난 뒤 가우왕은 TV를 끄고 이를 갈았다.

'빌어먹을.'

배도빈의 첫 번째 앨범이 발매되었을 때 가우왕은 터질 듯이 뛰는 가슴을 주체할 수 없었다.

흥분.

그것은 분명 기쁨이었다.

배도빈의 바이올린 협주곡은 세간의 평 이상으로 아름다웠다.

일본에서 전 국민적인 사랑을 받는다는 이야기를 들었을 때는 절로 고개를 끄덕이게 되었다.

마치 얼음처럼 고요한 호수 위를 걷는 듯한 긴장감으로 이어지는 전개는 가우왕이 들었던 그 어떠한 곡보다 선정적이었다.

적어도 그 매력에서 빠져나올 수 없었기에 가우왕은 배도빈의 앨범을 그렇게 평가했다.

그때부터 배도빈과 함께하고 싶다는 생각을 이어왔다.

죽음의 유물 1, 2부에 삽입된 '가장 큰 희망'과 '용감한 영혼'은 정말 완벽하다는 생각밖에 들지 않았다.

특히 배도빈이 베를린 필하모닉과 협연을 한다고 했을 때는 직접 티켓까지 구하여 베를린 필하모닉 콘서트홀을 찾을 정도로.

가우왕은 배도빈을 높이 평가했다.

더 이상 그 마음을 억누를 수 없었던 가우왕은 소속사 독일 아리아에게 배도빈의 곡 작업에 함께할 것을 요청했다.

세계적인 명성을 쌓아가는 신인과의 공동 작업은 분명 상업적으로 가치가 있다고 판단.

독일 아리아도 적극적으로 샛별 엔터테인먼트에 러브콜을 보냈다.

세계 최고의 열정적인 피아니스트.

'황태자' 가우왕은 곧 그와 만날 날을 기대했다.

그러나 배도빈의 건강이 안 좋아지면서 해당 오퍼는 불발로 이어졌다.

"가우왕, 거절이야."

"뭐?"

"건강 때문에 어쩔 수 없다고 하네. 당분간은 무리한 일정 없이 지낸다고 해."

"……."

아쉬웠지만 어쩔 수 없었다.

설마하니 거절당할 거라고는 생각지 않았던 가우왕은 배도 빈이 하루 빨리 쾌차하길 바랄 뿐이었다.

얼마 뒤.

다행히 건강을 회복했는지 배도빈이 영화 '인크리즈'의 음악 감독이 되었다는 기사를 접할 수 있었다.

"다음 스케줄은 저랑 해야 해요."

"네 마음은 알지만 라이징스타 엔터테인먼트가 수락을 해 야……."

"배도빈이 저를 거부할 리 없어요. 저번에는 건강 문제 때문 에 어쩔 수 없지만 이번에는 아니에요."

"그렇다고 이미 다른 작업을 하고 있는 사람한테 앨범 작업 을 하자고 하는 건."

"몰라서 하는 말이에요? 배도빈을 누가 가만두겠어요. 지금 부터 연락하지 않으면 또 기회를 놓칠 거라고요."

"아, 알겠으니 진정해."

다급했던 가우왕은 수차례 배도빈과의 공동 작업 제안을

요구했다.

독일 아리아로서도 최선을 다했지만 결국 배도빈은 '인크리즈'의 작업 뒤에 '더 퍼스트 오브 미'의 오리지널 스코어 작업에 들어갔다.

"젠장! 대체 일을 어떻게 하는 거예요? 오퍼는 제대로 넣긴 했습니까?"

"물론이지. 다만."

"변명은 필요 없어요. 독일 아리아는 지금 상황을 조금도 이해 못 하고 있다고요. 배도빈의 곡을 제가 연주하는 걸 상상할 수 없으니 노력하지 않는 거라고요."

"우리도 충분히 노력하고 있어. 단지 계약금 부분에서."

"그딴 돈 때문에 나를 선택하지 않을 리가 없다고 몇 번이나 말해!"

가우왕은 그처럼 고고한 음악을 만들어내는 배도빈이 고작 돈 몇 푼에 자신을 거절할 리 없다고 생각했다.

그럴수록 독일 아리아에 대한 신뢰가 없어졌다.

그런 와중에 '블랙 나이트 인크리즈'의 OST 앨범이 발매되자 가우왕은 미칠 것만 같았다.

완벽한 음악이다.

그 비장미 넘치는 웅장한 오케스트라에 매료될수록 가우왕은 배도빈과 함께하지 못하는 상황에 대해 극심한 스트레스를 받았다.

그만큼 그의 영혼을 충만히 해주는 곡이 없었던 탓이다.

"직접 찾아가겠어요."

"뭐?"

"더 이상 못 믿겠어요. 제가 직접 배도빈에게 말할게요. 어차피 이번 앨범 피아노곡으로 할 거라면 함께하자고. 제 연주를 들으면 거절할 리 없어요."

자신의 연주에 자부심이 있었기에.

세계가 그를 인정하고 있었기에 반드시 그럴 거라 생각했다.

"……네가 그렇게까지 말한다면 알겠다. 하지만 조금만 더 시간을 줘. 다음 주 내로 답을 줄게."

간판스타 가우왕의 클레임을 들어줄 수밖에 없는 독일 아리아의 운영진은 결국 히무라 쇼우 대표를 설득.

무려 2년 만에 세기의 두 천재의 만남이 성사되게 되었다.

"괜찮겠어? 아직 계약을 한 것도 아닌데 직접 한국까지 가서……."

"문제없어요. 제 연주를 들으면 분명 배도빈도 함께하자고 할 거예요. 제가 그의 음악을 듣고 직감했던 것처럼요."

총괄 매니저가 걱정스럽게 말하자 가우왕이 씩 하고 웃곤 그의 어깨를 토닥였다.

"자리 만들어줘서 고마워요. 고생했어요. 이 계약은 성사된 것이나 마찬가지예요. 돌아온 뒤에는 술 한잔하자고요."

2년 만에 웃는 가우왕을 보면서 그도 따라 웃었다.

언론으로부터 '황태자'라고 불리며 현재 활동 중인 피아니스트 중에 가장 열정적이며 빠른 연주를 한다고 평가받는 가우왕.

그가 얼마나 배도빈과 함께하고 싶었는지 알고 있었기 때문이었다.

그런데.

마치 당장에라도 작업에 들어갈 줄 알았던 가우왕의 예상과 달리 배도빈의 반응은 냉담하기 그지없었다.

'과연. 이러니 그런 곡을 만들었지.'

베를린 필하모닉과 사카모토 료이치가 농담 삼아 배도빈을 '악마' 같다고 말한다던데. 확실히 이처럼 완벽을 추구하니 그런 말이 나올 수밖에 없다고 생각했다.

그러나 가우왕에게는 자신이 있었다.

세계가 알아주는 자신의 피아노라면 배도빈도 알아줄 거라는 확신.

하지만.

이틀, 사흘, 나흘.

배도빈은 그저 자신의 연주를 듣기만 할 뿐 이렇다 할 말이 없었다.

'뭐가 문제인 거야?'

그럴수록 가우왕은 초조해졌다.

분명 최선의 연주였고 자평을 해도 훌륭했다.

그러나 배도빈은 무엇인가 마음에 들지 않은 표정이었고, 마침내 입을 연 그의 첫 코멘트는 충격적이었다.

'음 표현이 잘못되었다.'

늙다리 은퇴 음악가들에게서나 가끔 듣던 말을 그가 가장 사랑하는 작곡가에게서 들으니 충격이 클 수밖에 없었다.

"뭐?"

배도빈은 방금 가우왕이 연주한 부분을 직접 연주했다.

'뭐가 다르다는 거야.'

"박자도 음계도 똑같잖아?"

가우왕의 질문에 대한 배도빈의 답변은 그가 그의 스승에게서 듣던 말과 똑같았다.

인정할 수 없었다.

완벽, 완전무결의 피아니스트라 불리는 크리스틴 지메르만의 말과 똑같아 더욱 인정하기 싫었다.

자신만의 퍼포먼스와 화려한 속주로 일약 대스타가 된 가우왕은 자신의 길이 옳다고 생각했다.

음을 표현하는 방법에 대해서는 그도 충분히 알고 있었다.

그러나 중요한 것은 대중이 어떻게 듣느냐 하는 것.

청중은 자극적인 것을 선호한다. 보다 빠르고 화려한 연주를 할수록 열광한다.

깊게 파고드는 연주를 해봤자 비효율적이라는 뜻.

그럴 바에는 그들이 원하고 본인이 잘하는 화려하고 빠른 연주가 우선이라 생각했고 지금까지 그것으로 성공해 왔다.

"그런 것보다는 내 속주에 집중하라고. 이런 느린 곡으로는 나도 듣는 사람도 만족할 수 없을 테니까."

가우왕은 확신에 차 본인의 생각을 전했다.

그렇게 음악적으로 완벽하면서도 듣는 사람의 감정을 뒤흔들어 놓을 줄 아는 배도빈이라면 이해할 거라 생각했다.

음악성만을 따져 결국엔 그들만의 음악을 하는 늙은이들과 다를 거라 생각했다.

하지만.

배도빈과 잠시간 대화를 나눈 샛별 엔터테인먼트의 히무라 대표는 '죄송합니다'라고 말할 뿐이었다.

'왜?'

의문이 듦과 동시에.

2년간 배도빈이 자신과의 합동 작업을 수락하지 않았던 것이 떠올랐다.

'처음부터 함께할 생각이 없었구나.'

수치. 슬픔. 분노. 다시 분노.

가장 많이 사랑받는 피아니스트지만 가장 많은 질타를 받는 가우왕.

그는 자신을 이해할 수 있을 거라 생각한 천재에게서 거부 당했다는 사실을 받아들일 수 없었다.

'제기랄.'

생각하면 할수록 분했고.

그의 말이 틀렸다는 사실을 깨닫게 해주고 싶었다.

'어른의 세계'에서의 음악은 이러하다고 말해주고 싶었다.

그러던 차, 배도빈에게서 온 제안은 자신의 답을 증명할 좋은 기회였다.

'그래. 가르쳐 주마.'

가우왕은 매니저가 떠난 방에서 홀로 피아노 앞에 앉았다.

밤새워 본인의 기량을 날카롭게 칼을 갈기를 벌써 한 달째.

완벽해야 하는 황태자는 그렇게 고독하게 밤을 보내고 있었다. 그가 사랑한 유일한 작곡가에게 이기기 위해서 말이다.

12월 28일.

베이징에서 빌헬름 푸르트뱅글러와 사카모토 료이치 그리고 미카엘 블레하츠와 만났다.

특히 푸르트뱅글러와는 정말 오랜만에 만나는지라 반가운

마음에 웃으며 맞이했다.

"셰프!"

"하하하! 건강해 보이는구나!"

"셰프도요. 카밀라 씨도 안녕하세요."

"많이 컸네. 잘 지냈지?"

외할아버지가 마련해 준 호텔에 짐을 풀고 스카이라운지에서 못다 한 이야기를 나누었다.

"제 곡 들었어요?"

"크흠."

헛기침을 하는 푸르트벵글러는 아직 내가 영화나 게임 등에 사용되는 곡만 만드는 게 불만인 듯했다. 두 번째 앨범과 바이올리니스트로서의 연주회를 기대했으니 그럴 만도 하다.

"훌륭했다."

그러나 그가 뜻밖에 말을 꺼냈다.

"들었어요?"

푸르트벵글러가 입맛을 다신 뒤 어쩔 수 없다는 듯 입을 열었다.

"훌륭한 교향곡이었다고 했다."

나이에 맞지 않게 새침하게 구는 그를 놀리고 싶어졌다.

"뭐가 그렇게 좋았는데요?"

"그래. 뭐가 그리 좋았는지 말 좀 해보게나, 빌헬름."

"자네는 가만있어."

사카모토도 공격에 합류.

푸르트뱅글러가 짜증을 부리자 그를 다루기로는 최고인 카밀라마저 나섰다.

"왜요? 저한테는 잘만 이야기하셨잖아요. 부끄러운 거예요?"

"부끄럽긴 누가!"

푸르트뱅글러가 샴페인을 단숨에 들이켰다.

다들 그 모습을 보곤 웃었다. 오랜만에 반가운 사람과 함께하니 역시 즐겁다.

"인크리즈는 어렸을 적 에로이카를 들은 이후로 느껴보지 못한 감각이었대요. 후훗."

"정말요?"

"카밀라!"

"하하하하! 이거 천하의 빌헬름도 도빈 군만은 인정할 수밖에 없는 모양이구만."

"닥쳐!"

푸르트뱅글러의 격렬한 반응이 너무나 재밌어 한동안 크게 웃고 떠들었다.

식사가 나오고서야 그 분위기가 조금 진정되었다.

"그런데 대체 왜 하필 29일인 거냐. 이 바쁠 시기에. 발그레이도."

"발그레이가 왜요?"

"아니. 아무것도 아니다. 나중에 본인이 말하겠지."

푸르트벵글러가 이상한 말을 꺼냈다.

니아 발그레이에게 무슨 일이라도 있는 건가?

좀 더 물어보려 했는데 카밀라가 먼저 나섰다.

"정말. 송년 음악회 때문에 시간 내느라 혼났어."

"흠. 확실히 그럴 시기지. 나도 내일 끝나자마자 미국으로 돌아가야 하네."

"나도 마찬가지야."

다들 바쁜 모양이다.

확실히 연말연초에는 다들 개인 일정이 있는데 베를린 필하모닉의 경우에는 어제 막 연주회를 마쳤다고 한다.

내일은 또 곧장 돌아가 다른 공연을 준비해야 한다고 카밀라가 덧붙여 설명했다.

그 말을 듣자 푸르트벵글러가 조금 피곤해 보이는 게 눈에 들어왔다.

이야기를 들어 보니 사카모토와 블레하츠도 연말 리사이틀 때문에 일정이 촉박해 보였다.

참 고마운 사람들이다.

"방송도 한다고 들었는데 시청률 같은 걸 의식한 거냐?"

"생각해 보면 올해 마무리를 장식할 최고의 이벤트이긴 하지."

푸르트벵글러와 사카모토가 주거나 받거니 하며 12월 29일이라는 날짜에 대해 이야기를 나누었다.

"그래서? 무슨 의미라도 있는 거야?"

카밀라가 물어 솔직하게 대답했다.

"방학식이 오늘이었거든요."

"……"

"……"

"……"

"……뭐라고?"

푸르트벵글러가 눈을 크게 뜨고 다시 한번 말해보라는 듯이 말했다.

"출석일수는 채워야 하니까요."

"망할 꼬맹이 같으니."

푸르트벵글러의 솔직한 말에 나도 다른 사람도 웃어버렸다.

"후우. 그래. 자신은 있느냐?"

"그럼요."

"단점이 명확한 피아니스트긴 해도 쉽게 생각하면 안 된다. 그가 현재 가장 인기 있는 데에는 그만한 이유가 있는 법이야."

푸르트벵글러와 같은 생각이다.

"맞아요. 그의 연주는 귀를 즐겁게 해요."

고개를 끄덕이는 셰프와 언제나 미소 짓고 있는 사카모토.

이번에는 오랜 음악 친구가 물었다.

"계획은 어떤가. 이기려면 고전 시대 곡을 연주하는 게 좋을 텐데."

많은 고전 시대 음악이 화려한 기교보다는 멜로디 자체와 감정에 보다 강점을 두고 있는 편이다. 기교는 훌륭하나 곡 이해도가 떨어지는 가우왕에게는 난감할 수 있고.

또 그 당시 곡은 내 특기이기도 하다.

그 점에 대해 잘 알고 있는 사카모토의 조언은 적절하다.

"첫 곡은 스트라빈스키의 페트루슈카예요."

"음?"

"그건 가우왕의……."

"네. 많이 연주하는 곡이더라고요."

의외의 선곡이라는 반응이다.

"과연. 눈에는 눈으로 상대하겠단 생각인가."

"가장 자신 있는 곡으로 상대해 줘야 균형이 조금이라도 맞을 테니까요."

"하하하하! 그래! 사내라면 그 정도 패기는 있어야지. 지기라도 했다간 용서하지 않을 거다! 난 어디까지나 공정하게 심사를 볼 테니 말이다."

푸르트벵글러의 말이야말로 내가 기다리던 자세다.

"네. 공정하게 해주세요."

♪

12월 29일 오후 5시(베이징 기준).

WH그룹 후원, 독일 아리아와 샛별 엔터테인먼트가 주최하는 '배도빈 가우왕 피아노 경연'의 막이 올랐다.

전 세계에 동시 생중계가 되는 만큼 각 나라마다 중계진이 나왔으며, 가우왕을 응원하기 위해 31만 명이 몰려들어 '배도빈 가우왕 피아노 경연'의 콘서트홀 주변 일대가 마비되었다.

4,000명을 수용할 수 있는 내빈석에 자리한 사람들의 면면은 더없이 화려했다.

바쁜 시기임에도 음악계 유명 인사가 대거 참관하였는데 로비에서는 그들에게서 인터뷰를 따기 위한 기자와 리포터 간의 경쟁이 치열했다.

ㄴ미쳤다 진짜. 이름만 들어도 아는 사람들 다 나왔네.

ㄴ왘ㅋㅋㅋ 암스테르담의 마리 얀스도 있음ㅋㅋㅋㅋㅋㅋ

ㄴ진짜 일 엄청 커졌네. 이게 WH그룹의 힘인가?

ㄴ마리 얀스가 누구임?

ㄴ그것도 그런데 이런 경우가 없어서 그런 듯. 현재 가장 인기 있는 음악가 두 명이 칼만 안 들었지 맘먹고 싸운다는데 화제가 안 되는 게

이상할 듯.

    └마리 얀스 암스테르담 로열 콘세르트허바우 음악 감독임.

    └음악 감독?

    └권한 많은 지휘자라 생각하면 됨.

    └할리우드 배우들도 보이는데?

    └샐럽들 모이는 곳이니께 ㅇㅇ

    더욱이 세계적인 그룹들의 후원이 빗발쳐 WH그룹뿐만이 아니라 소셜 네트워크를 기반으로 한 페이스노트, 전 세계적 대기업 미시시피 등의 로고와 현수막이 걸려 있었다.

    주최사인 독일 아리아와 샛별 엔터테인먼트가 '배도빈 가우 왕 피아노 경연'의 수익금을 경연 주최비용을 제외하고 전액, 개발도상국 기아를 상대로 기부한다는 뜻을 밝혔기에 사람들의 반응은 더욱 고조되었다.

    금전을 위한 일이 아니라 실력을 가늠하기 위한 대결임을 강조하는 것처럼 보여 이례적인 반응을 보이는 것도 무리는 아니었다.

    └와 미친 댓글 속도 실화냐?

    └배도빈을 응원합니다.

    └안 그래도 다른 나라 말 많은데 너무 빨리 올라가서 읽지를 못하

겠넼ㅋㅋㅋㅋ

ㄴ황태자의 승전보를 기원합니다.

뉴튜브로도 생중계되고 있는 인터넷 댓글창에는 영어, 중국어, 일본어, 한국어, 독일어, 프랑스어 등 여러 언어가 빠르게 올라왔다.

채팅을 올리자마자 글을 쓴 사람조차 자신의 댓글을 볼 수 없을 정도였으니 방송 상태가 좋을 리 없었다.

이러한 상황을 예측했던 뉴튜브 측으로서도 감당할 수 없이 많은 트래픽이 걸렸기에, 사람들은 아쉬운 대로 TV로 시선을 돌리는 수밖에 없었다.

"아, 켜졌다."

"뭐가요?"

한편 대기실에 있던 배도빈은 핸드폰을 만지고 있는 박선영에게 무엇을 하고 있는지 물었다.

"개인 방송."

최근 들어 배도빈의 매니저로서 개인 방송을 하는 박선영이었기에 배도빈은 대수롭지 않게 반응했다.

"오늘 도네 많이 받으면 조금 나눠줄게."

"도네가 뭔데요?"

"후원이야. 아, 사람들 엄청 많이 들어오네. 히힛. 소고기 먹어야지."

"후원? 후원을 왜 해요?"

배도빈이 박선영의 핸드폰을 보기 위해 얼굴을 비추자, 박선영의 개인 방송 댓글창은 난리가 났다.

　ㄴ왘ㅋㅋㅋ배도빈이닼ㅋㅋㅋ

　ㄴ와, 진짜 배도빈 매니저셨구나.

　ㄴ도빈아, 누나가 카레 사줄게 밥 한 번만 먹자.

　ㄴㅗㅜㅑ

　ㄴ와, 쩔어. 대기실인가 보네.

　ㄴ여기서도 경연 중계해 줌?

동시에 박선영의 핸드폰이 계속해서 전자음으로 무엇인가를 말했다.

배도빈이 그걸 가만히 보고 있다가 한마디 했다.

"이거 하지 마세요. 이 돈으로 과자 사 드세요. 저 이런 거 안 받아도 돈 잘 벌어요."

"야! 그런 말 하면 안 되지! 너 이번 경연도 전부 기부할 거라며, 이것도 못 벌면 우린 뭐 먹고 살아!"

"저작권료 계속 들어오고 있잖아요. 내년엔 더 열심히 할게요. 그리고 누나 예전에도 개인 방송했는데 그때 받은 돈은 어쨌어요?"

┗매니저 뼈 맞았죠ㅋㅋㅋㅋ
┗횡령이다! 횡령!
┗과자 사 먹으랰ㅋㅋ 아 진짜 귀여워 죽겠닼ㅋㅋㅋㅋㅋ
┗샛별 엔터테인먼트 힘든가 보네.
┗누나들 과자 안 먹어도 돼. 도빈이 많이 먹어 ㅠㅠㅠ
┗언제 시작함?

"녹음실이랑 사무실 임대료만 몇 백만 원인데 이런 거라도 해야지! 봐봐, 사람들이 진짜 횡령한 줄 알잖아."

"아니래요."

┗엌ㅋㅋㅋㅋㅋㅋㅋㅋㅋ아니랰ㅋㅋ
┗그래그래. 믿어줄겤ㅋㅋ
┗어, 갔다.
┗갔어…….
┗갔네…….

"여러분, 도빈이 지금 막 준비해야 해서 갔어요. 많이들 응원 부탁드려요. 아, 네. 규정상 그건 좀 어려워요. 이게 후원사들이랑 중계권 계약한 거 때문에 경연 영상은 못…… 아, 안 돼. 나가지 마요."

대기실에 홀로 남은 박선영은 배도빈이 떠나자 순식간에 줄어드는 시청자 수를 보며 좌절했다.

"찾아와 주신 내빈 여러분께 감사 인사드립니다. 사회를 맡은 리 타우입니다."

짝짝짝짝-

세기의 대결을 보기 위해 달아오른 흥분이 채 가시지 않은 콘서트홀에 사회자 리 타우가 등장했다.

"우선 오늘 경연의 방식에 대해 안내해 드리겠습니다."

리 타우가 등진 큰 스크린에 화면이 비춰졌다.

"가우왕과 배도빈은 서로가 정한 곡을 모른 채 피아노 앞에 서게 됩니다. 선주자인 배도빈이 연주를 하면 다음 차례인 가우왕이 배도빈의 선택곡을 연주합니다."

리 타우의 말에 관중석이 순간 웅성거렸다.

경연할 곡에 대해 공유조차 없이 연주를 해야 하는 악조건을 이해하고 있기 때문이었다.

"말이 돼요?"

베를린 필의 사무국장 카밀라 앤더슨이 빈 필의 사무국장 필립 람에게 물었다.

"전혀. 말도 안 되는 조건이죠. 레퍼토리가 아무리 넓은 연주자라 해도 불가능해요. 서로 마음먹고 이기려고 하는 자존심 싸움인데 상대 레퍼토리에 맞춰줄 리도 없고."

"……."

어젯밤 배도빈의 첫 번째 선택 곡을 들은 카밀라는 머리가 복잡해졌다. 아무리 생각해도 이러한 룰에서 상대의 특기 곡을 선택하는 배도빈의 신경을 이해할 수 없었다.

"무엇보다 상대가 연주한 곡이 모르는 곡이라면 문제가 터지죠. 적어도 범위는 상정했어야 했는데. 이런 조건이면 역시 빅 매치치고 재밌는 것 없다는 말이 나올지도 몰라요."

"범위요?"

"예를 들어 베토벤이라든가 리스트라든가 하는 식으로 말이에요. 그래야 연습이라도 할 수 있으니까."

"아."

"아니. 설령 알고 있는 곡이라 해도 연습 없이는 제대로 된 연주가 가능할 리 없는데. 대체 무슨 생각인지……. 이거 누가 정한 룰인지 알아요?"

"도빈이가 제안했고 가우왕이 받아들인 걸로 알고 있어요."

"둘 다 제정신이 아니네요."

빈 필하모닉의 사무국장 필립 람의 생각은 정확했다.

관중석에 있는 많은 음악 관계자들이 그와 같은 생각을 공유하고 있었다.

특히나 가우왕의 경우에는 곡마다 편차가 심하다는 평을 많이 받고 있었다.

레퍼토리가 좁은 것은 아니지만 그렇다고 넓지도 않았다.

더군다나 배도빈은 이제 막 만 일곱 살 먹은 어린아이.

아무리 천재라고 해도 알고 있는 곡이 많을 수 없었다.

'생각보다 허무한 경연이 될지도 몰라.'

'크게 기대하지 않는 게 좋겠네.'

'무슨 생각으로 이런 조건을 걸었는지 모르겠군. 사실상 즉흥 연주가 될 텐데.'

그런 생각이 이어지는 가운데 리 타우가 다시금 마이크 앞에 섰다.

"마지막으로 심사는 양측에서 선출된 여섯 분이 해주시겠습니다. 먼저 베를린 필하모닉의 상임지휘자, 마에스트로 빌헬름 푸르트벵글러를 소개합니다."

리 타우가 심사 위원을 한 명씩 소개하였고.

이윽고 모두의 우려 속에서 마침내 대결을 펼칠 두 사람이 호명되었다.

"모든 설명이 끝났습니다. 오래 기다리셨습니다. 피아노의 황태자, 가장 화려한 피아니스트 가우왕! 그리고 대한민국의 음악가 배도빈을 모십니다. 모두 큰 박수로 맞이해 주시길 바랍니다!"

└저 새끼 짤라. 소개 엿같이 하네.

└편파 실화?

└시작부터 장난질이네.

└똥개도 자기 집에선 집에선 먹고 들어간다잖아.

두 사람이 무대 위에 모습을 드러냈다.

두 대의 피아노가 무대 위에서 마주하고 있다.

두 천재 음악가가 모습을 드러내자 모든 관객이 박수를 보냈다. 그들의 용기와 향상심을 향한 응원이자 격려였다.

배도빈은 차분히 인사한 뒤 피아노 앞에 앉았으며, 가우왕은 팔을 휘감아 가슴에 대고 인사했다.

인사만으로도 두 사람의 성향 차이를 알아볼 수 있었다.

'자, 무엇으로 나올 테냐.'

가우왕이 피아노 너머로 얼굴조차 제대로 보이지 않는 배도빈을 바라보았다.

적막이 흐르고.

배도빈이 연주를 시작했다.

'이것은.'

동시에 관중석을 채운 사람들이 놀라고 말았다.

현대 음악의 시작을 장식한 러시아 출신의 거장 이고르 스트라빈스키. 짙은 러시아의 향기를 느낄 수 있는 페트루슈카. 그중에서도 3악장은 빠르고 다채로운 분위기로 유명했다.

또한 가우왕이 리사이틀 때마다 연주하는 그의 특기 곡이기도 했기에 관객들은 놀랄 수밖에 없었다.

'무슨 짓이냐.'

당연하게도 가우왕 역시 미간을 좁혔다. 피아노 앞에 앉아 있는 가우왕은 수천 번 연주했던 곡을 듣는 순간 자존심에 상처를 입었다.

어떤 곡을 연주할지 고민했건만 단 한 번도 상정하지 않았던 곡이 연주되는 상황을 믿을 수 없었다.

'내게 맞춰주고도 이길 수 있다는 말이냐. 네게 나는 그 정도밖에 안 되었다는 뜻이냐!'

그러나 그 분노는 오래 가지 않았다.

'흐음.'

사카모토 료이치가 작게 고개를 끄덕였다.

기묘한 음률 속에 전달되는 공허함.

너무나 많은 음표들이 빠른 속도로 연주되는 사이에 솟아나는 긴장감.

이보다 완벽한 페트루슈카를 들어본 적은 없었다.

'역시.'

배도빈이 연주를 시작하고 눈을 감은 미카엘 블레하츠는 어떠한 장면을 떠올릴 수 있었다.

그의 연주는 마치 장난감을 발견해 이리 굴리고 저리 굴리는 아이를 보는 듯한 착각을 일으켰다.

음표마다 전달되는 기묘한 상황과 익살스러운 묘사.

피아노 연주만을 들었을 뿐인데 발레 공연을 함께 보는 듯 선했다.

이 두 거장의 느낌을.

지난 십 년 이상을 페트루슈카를 연주한 가우왕이 느끼지 못할 리 없었다.

완벽했다.

자신을 조롱하는 거라 생각했던 선곡이 너무도 완벽하게 연주되고 있다.

정확한 터치와 본디 빠르기보다 좀 더 빠른 속도. 그럼에도 명확히 전달되는 상황적 비극을 너무도 잘 표현하고 있었다.

고인 침을 삼킨 가우왕은 배도빈의 연주에 집중했고.

이윽고 2분을 조금 넘는 짧은 시간 뒤에 배도빈이 연주를 마쳤다.

짝짝짝짝짝!

당연한 반응이었다.

세계 최대 규모의 콘서트홀이 떠나갈 정도의 박수 세례였다. 이 짧은 시간, 피아노를 통해 하나의 이야기를 '보여준' 피아니스트에 대한 감사의 표현이었다.

연주를 마친 배도빈은 차분히 손을 내리고 상대방의 연주를 기다렸다.

'너와 내 차이를 알겠느냐.'

배도빈의 모습이 보이지 않음에도, 가우왕은 마치 배도빈이 그렇게 묻는 것 같았다.

까득.

가우왕 역시 연주를 시작했다.

그의 피아니스트 인생을 대표하는 곡인 만큼 질 수 없다는, 질 리 없다는 자신이 있었다.

'과연 가우왕이로군.'

'훌륭해.'

가우왕의 연주는 정확했고 너무나 빨랐다. 수천 번의 연주로 그만의 해석이 담긴 페트루슈카는 기이한 분위기를 자아내면서 빨려 들어갈 것만 같은 기분이 들게 했다.

마치 최면과 같이.

'지지 않는다.'

'내가 이 곡으로 질 것 같으냐.'

'내가 최고다!'

본인에게도 최면을 걸 듯, 몰입했던 가우왕이 연주를 마무리하자 앞선 박수 소리만큼이나 크게 환영을 받았다.

박수 소리가 모두 가시자 무대 옆에 자리하고 있던 사회자 리 타우가 마이크에 입을 댔다.

"두 연주자 모두 훌륭했습니다. 그러면 심사 위원단의 평가가 있겠습니다. 개별 채점이니 심사 위원께서는 신중히 판단하시고 마련된 버튼을 눌러주십시오."

심사를 맡은 여섯 명은 깊게 고민할 수밖에 없었다.

양측 모두 더없이 훌륭한 연주를 했기에 고민하는 시간이 길어질 수밖에 없었고 결국 리 타우가 재촉했을 때야 결정을 내렸다.

"첫 번째 곡. 페트루슈카 3악장에 대한 결과 발표하도록 하겠습니다."

무대 정면의 스크린에 배도빈과 가우왕의 이름이 떠올랐고 그 아래 동시에 4분음표가 하나씩 생겨났다.

우선 한 표씩 획득했다는 뜻.

긴장감은 더욱 고조되었다.

'질 리 없어.'

가우왕은 긴장한 듯 스크린을 보고 있었고 이내 자신의 두 눈을 의심했다.

그의 이름 아래에 음표가 늘어나지 않았기 때문이었다.

"결과는 5대1. 배도빈 군이 첫 승을 가져갑니다."

리 타우의 발표에 관중들은 반응하지 않았다.

승자에 대한 축하만큼이나 패자에 대한 예우를 지켜야 했기 때문. 아직 다섯 곡이 남아 있으므로 이후 대결에 가우왕이 흔들리지 않도록 배려한 것이었다.

그러나 자신의 대표곡 대결에서 패배했다는 생각에 가우왕은 흥분하지 않을 수 없었다.

그는 고개를 돌려 피아노 너머 아슬아슬하게 보이는 소년을 응시했다.

'……뭐냐.'

너무나 차분한 모습으로 앉아 있는 배도빈은 연주를 마쳤을 때와 조금도 다르지 않아 보였다.

그 모습에 가우왕도 정신을 차렸다.

저 어린아이가 평정을 지키고 있는데 고작 한 곡 뒤처졌다고 해서 추태를 보일 순 없었다.

황태자로서의 면모에 스스로 흠집을 낼 순 없었다.

눈을 감고 숨을 고른 뒤.

건반 위에 손을 올렸다.

그리고 그가 선택한 첫 번째 곡을 연주했다.

'뭐야.'

상대방의 선곡에 놀란 것은 가우왕뿐만이 아니었다.

그의 도전적인 시도에 배도빈은 슬며시 미소 지었다.

베토벤 피아노 소나타 8번 C단조.

'오랜만이네.'

막 청력에 문제를 느끼던 시절, 방황하던 청년 루트비히는 그의 불행한 환경과 음악에 대한 간절함 끝에 하나의 소나타를 지었다.

부정하기 위해.

나아가기 위해.

극복하기 위해 처절히 싸웠던 그는 자신의 여덟 번째 소나타에 'Grande sonate pathétique'라고 이름 붙였다.

'비장한 대소나타.'

아직 미숙한 그의 상대가 그 1악장을 연주하기 시작한 것이다.

열연이다.

'도전이로군.'

'증명하려는 게야.'

심사 위원들의 생각은 한결같았다.

배도빈과 많은 원로 음악가들이 뛰어난 피아노의 황태자에게 했던 말.

'이해도가 부족하다.'

많이 연주한 레퍼토리에서는 더없이 훌륭하지만 그 외의 곡에서는 아쉬움이 있다는 평이었다.

특히 고전파 시기의 음악에 대해서는 그러한 평을 많이 받았는데, 이번 경연에서 베토벤의 곡을 선택함으로써 그 오명을 벗겠다는 가우왕의 의지였다.

그만의 아이덴티티만은 지키기 위한 방책으로 4페이지부터 연주를 시작한 가우왕에게.

청중들이 이끌리기 시작했다.

그의 장점은 누가 뭐라 해도 정확한 속주.

제시부를 건너뛰고 발전부부터 연주를 시작한 가우왕은 그 기량을 유감없이 뽐냈다.

그가 연주를 마치자.

우레와 같은 박수가 터져 나왔다.

'훌륭하군.'

전과 달리 속주에만 힘을 준 게 아니라 힘 있게 내려치는 그의 무게감 넘치는 연주는 환호받을 수밖에 없었다.

'어떠냐.'

가우왕 역시 만족했는지 숨을 한 번 내쉬고는 배도빈이 있는 방향을 바라보았다.

그가 지난 두 달간 밤을 새워가며 연습했기에.

완성했다고 자신했기에 가우왕은 배도빈이 이 곡을 어떻게 받아들일지 궁금했다.

굳이 마이너한 곡이 아니라 '비창'과 같이 유명한 곡을 선택한 데에는 아직 레퍼토리가 좁을 게 뻔한 배도빈과 정면승부를 벌이고 싶기 때문이었다.

그런데.

'웃어?'

언뜻 봤지만 배도빈은 웃고 있는 듯했다.

여유인가 비웃음인가.

가우왕이 다시금 이를 악물었다.

1799년 1월 빈.

"아니야. 아니야!"

쨍그랑!

신경질적으로 내던진 머그컵이 산산이 부서져 내렸다.

신경 쓰지 않으려 해도 간헐적으로 들리던 이명이 잦아지기 시작했다.

빌어 먹을.

드디어 빛을 보는가 싶었는데, 신은 또다시 시련을 안겨주려 하고 있다.

문득 내려다본 악보를 보곤 분에 못 이겨 찢어버렸다.

얼마나 더 음악을 할 수 있는가.

'곧 그날이 올 것이다.'

생각하지 않으려 애써도 자꾸만 치미는 불안감에 미친 듯이 집착할 수밖에 없었다.

음을 잊지 않으려고.

홀로 C음을 반복해 누른다.

C. C. C. C.

머리에 가슴에 영혼에 각인하기 위해 몇날 며칠을 반복한다.

잊고 싶지 않아 건반을 누르고 악보를 탐독하기를 수개월째. 그럴수록 나의 영혼은 산산이 찢어지는 듯하다. 이성은 눈폭풍에 집을 잃고 죽어가는 산새처럼 얼어붙는다.

온기를 잃어갈 뿐.

지난 고난을 이겨내고 간신히 인정받기 시작했거늘.

주어진 또다른 시련에, 신을 원망하지 않을 수 없었다.

나는 채 내 속에 담긴 악상을 다 끄집어내기도 전에 음악을 잃을 것이다.

베트호펜 가문의 장남은 죽지 않으나 음악가 루트비히는 죽어 사라질 것이다.

'……아니.'

그럴 수는 없다.

설사 신이 나를 죽이려 한다 해도 그럴 수는 없다.

내 안에 남은 악상을 끄집어내야만 한다. 그것만이 이 내 영혼이 위로받을 유일한 길이다.

'달라져야 한다.'

지금까지와 같아서는 안 된다.

바흐. 하이든. 모차르트.

그 천재들과 같아서는 안 된다. 그들을 따라 걸어서는 영혼이 위로받을 길이 없다.

시간이 없다.

신이 시간을 주지 않았다면 남은 시간만이라도 내 눈물을 연주해야 할 것이다.

한 달 후.

"오오! 베트호펜. 이 친구. 깜짝 놀랐네. 대체 언제 이런 곡을 만든 건가."

"……"

"이렇게나 마음을 흔드는 곡은 처음이야. 대단해. 정말 대단해. 독특하면서도 묘한 매력이 있구만."

"……"

"이건 어떻게 발표하면 되겠나."

"비장."

"음?"

"비장한 대소나타로 해주시오."

나 루트비히가 새롭게 태어날 첫 곡으로.

그 의지가 담긴 '비장한 대소나타'를 넘겨주곤.

다시 피아노 앞에 앉았다.

'Grande sonate pathétique'는 문득 예전 일을 떠올리게 한다.

당시의 절박했던 감정이 다시금 가슴에 차올랐다.

'시도는 좋았다.'

가우왕이란 어린 후배에게 가장 필요했던 것은 이해.

정확함을 바탕으로 한 기교는 확실히 훌륭했지만 곡을 해석하여 어떻게 표현해야 청중에게 감동을 줄지에 대해서는 깊이 고민하지 않은 듯해 아쉬움이 많았다.

화려한 타건과 속주로 귀를 즐겁게 할 수는 있지만 듣는 사람의 마음을 움직일 수는 없는 법.

그런 그가 자신의 장기를 살리는 곡이 아닌 'Grande sonate pathétique'를 선택한 것은 그 나름의 도전일 것이다.

그렇지 않다고.

주장하는 것이다.

'많이 노력했네.'

실제로 그의 연주는 예전과 달라져 있었다.

그의 화려한 연주가 예전 일을 떠올리게 했으니까.

자존심 강한 미완성의 천재가 이제 막 발돋움을 하려는 듯하니 홍승일의 말대로 그 이정표가 되어줄 생각이다.

나의 '비장'을 들려줌으로써 말이다.

매우 느리고 장중하게(Grave).

네 마디의 G단조로 시작하는 발전부.

둥!

건반을 강렬히 눌러 연주를 시작했다. 이어 부드럽게 이어나가다 다시 한번 무게를 더해 내려치듯이.

손에 힘이 부족하지만 팔꿈치와 상체를 더해 무게를 더하면 될 일이다. 이 작은 몸으로 어떻게 연주를 해야 하는지는 익숙해진 지 오래.

전해줄 악상에 집중할 뿐.

당시 내가 느꼈던 절박함과 그 속에서 태워냈던 비장함을 들려줄 뿐이다.

♪

"대단하군."

"전혀 다른 사람이 되었잖은가."

가우왕의 베토벤 소나타 C단조를 들은 청중들의 반응은 앞선 첫 곡과 달랐다. 빠져들 수밖에 없었던 그 연주에 심사 위원들의 반응도 달라졌다.

그간 그가 받았던 비평을 무색하게 하는 가슴을 울리는 연주였다.

'자, 한 단계 더 성장한 천재에 뒤이어 어떤 연주를 들려줄 텐가, 도빈 군.'

사카모토 료이치의 시선이 배도빈에게 고정되었고.

연주가 시작되었다.

강렬한 첫 음이 울리고 네 마디의 G단조 이후 짧은 간격.

숨이 턱 하고 막히고 말았다.

그 압도적인 연주에 콘서트홀에 모인 사람들은 가만히 뒤따라 나올 음을 기다릴 수밖에 없었다.

그리고.

빠르게(Allegro)로 진입하는 순간 그 서글픈 절규에 빠져 버리고 말았다. 운명을 기다리는 위대한 천재의 고독과 고뇌 그리고 비장함이 고스란히 가슴에 전달되었다.

'세상에.'

'이럴 수가.'

배도빈의 연주가 시작되고, 관객들은 배도빈이 들려주는, 아니, 느끼게 해주는 이 생소한 감정을 그저 받아들일 수밖에 없었다.

수많은 노트가 자아내는 고뇌와 강렬한 멜로디에서 전해지는 고통이 청중들의 머리와 가슴을 헤집어 놓았다.

폭력.

머리와 가슴에 때려 박히는 악상은 마치 폭력처럼 거부할 수 없었다.

가우왕 역시 마찬가지였다.

'⋯⋯.'

아무런 생각이 들지 않았다.

이 순간만큼은 자존심과 노력 그리고 자긍심은 중요치 않았다. 오직 배도빈이 연주하는 피아노 소나타 C단조만을 느낄 뿐이었다.

기술적으로 완벽하다는 사실을 인식할 수 없을 정도로.

그 연주에 빠져든 것이다.

연주는 곧 아름다웠던 기억에 대해 들려주는 듯했다.

그러나 이내 다시 비극이 다가오고 다시금 포기하지 않은 베토벤이 결국엔 다시 비극을 맞이한 듯 처연히 울리는 건반 소리.

그러나 다시 투쟁!

힘차고 간결하게 맺는 마지막 소리!

배도빈이 마지막 음을 내려쳤다.

그 소리가 공기 중에 스며들어 그 작은 잔음이 모두 사라질 때까지.

콘서트홀의 시간이 멈춘 듯했다.

"브라보!"

빌헬름 푸르트벵글러가 벌떡 일어나 소리쳤다.

뒤이어 사천 명에 달하는 청중이 모두 일어나 배도빈에게 경의를 표했다. 그들의 가슴을 뒤흔들어 놓은 이에게 보내는 최고의 행위.

신인가 악마인가.

마치 최면에 걸린 듯 그들은 광적으로 손뼉을 쳤다.

영혼을 전율케 하는 그의 음악은 마치 악마가 준 선물처럼 느껴질 정도였다.

짝짝짝짝짝-

'이것이…… 비창?'

가우왕 회장을 가득 채운 그 소리를 듣고서야 정신을 차릴 수 있었다.

사회자 리 타우는 끊어질 줄 모르는 박수 소리를 들으며 이내 경연을 진행하기를 포기했다.

무려 이십 분간 이어지는 그것이 절로 잠잠해지기를 기다린 뒤에야 심사 위원들에게 평가를 부탁할 수 있었다.

가우왕 : 배도빈
0 : 6

어느 누구도 그 압도적인 결과를 부정할 수 없었다.

가우왕의 연주가 귀와 가슴을 건들었다면 배도빈의 연주는 감동할 새도 없이 그 음율 속에 빠져들게 했으니.

넘치는 흥분은 배도빈이 건반 위에 다시 손을 얹을 때까지 갈 곳을 찾지 못하고 콘서트홀을 배회하였다.

배도빈이 그가 선택한 두 번째 곡을 연주하기 시작했다.

[세기의 대결, 압도적인 실력을 선보이다]

[마에스트로 마리 얀스, "가우왕은 그가 지금껏 받아온 비평을 깨끗이 씻어냈다. 단지 상대가 좋지 않았을 뿐."]

[거장 제르바 루빈스타인, "내 남은 평생 그의 연주를 들을 수 있어 큰 기쁨이다."]

[크리스틴 지메르만, "발전한 모습을 볼 수 있어 기뻤어요. 도빈 군은 무척 격정적인 연주를 하네요. 근사했습니다."]

[배도빈 가우왕 피아노 경연 성황리에 마쳐. 전 세계 260만 명 시청]

[총합점수 34 대 2. 배도빈, 피아노의 황태자를 압도하다]

[마에스트로 빌헬름 푸르트벵글러, "우리는 지난 배도빈의 연주로 하여금 피아노를 어떻게 다뤄야 하는지 다시금 복기할 수 있었다."]

[거장 미카엘 블레하츠, "우리는 지금까지 베토벤의 소나타를 잘못 연주하고 있었다."]

[가우왕, "인정한다."]

2013년 12월 29일 중국 베이징에서 개최된 '배도빈 가우왕 피아노 경연'은 폭발적인 반응을 불러일으켰다.

지금까지 작곡과 바이올린 연주자로서 유명세를 얻던 배도빈이 피아노계에서 곧 거장으로 발돋움하려는 가우왕을 압도적인 표 차이로 따돌렸기 때문이었다.

각국 방송사는 전문가를 초빙해 두 사람의 경연을 해설, 생중계하기도 하면서 많은 관심을 보였다.

세세한 차이는 있었지만 가우왕의 피아노 연주에 깊이가 생겨났다는 점과 상대가 좋지 않았다는 이야기만은 공통적이었다.

특히 배도빈이 한 곡, 한 곡 연주를 마친 뒤에는 진행자도 해설자도 흥분을 감추지 못했다.

방송국뿐만이 아니었다. 모든 언론사가 경연 도중에도 쉴 새 없이 기사를 냈다.

경연 뒤에는 콘서트홀을 방문한 거장들로부터 직접 인터뷰를 따 실시간으로 발표했는데 거의 대부분의 기사가 높은 조회 수를 기록.

대한민국에서도 상황은 마찬가지였다.

└중간에 쌌지만 갈아입으러 갈 수 없었다.

└등신 같은 말 멋있는 척 하지 마.

└배도빈 진짜 급이 다르다. 그냥 대충 천재라고 추켜세우는 줄 알았는데 진짜 개념사벽이네.

└경연 다 끝나고 비창 전 악장 다시 연주하는 거 들었냐? 진짜 소름도 그런 소름이 없었다.

└가우왕도 잘했네.

└나 진짜 클래식 1도 관심 없었는데 배도빈 연주할 때는 진짜 시간 가는 줄 모르고 봄. 우리 가족 다 얼 빠져서 2시간 동안 밥상 앞에서 TV만 보고 있었음.

└귀르가즘 쩔었다.

└복습이 답이다 이건. 불판 깔아준 사람 진짜 ㄱㅅㄱㅅ.

└해외 반응 [링크] 루시퍼 강림 ㅇㅈ?

└박건호 이후 우리나라에 이런 거장이 나올 줄은 꿈에도 몰랐다. 진짜 급이 다른 연주였음. 특히 비창.

└해석 좀.

ㄴ남궁예건이랑 최성신은?

ㄴ샛별이 악마가 되어 돌아왔다. 그의 음악은 너무도 고혹적이라 빠져나올 수가 없다.

ㄴ배도빈을 루시퍼라 했네. 샛별, 샛별 하니까 말장난으로 말한 듯.

ㄴ그게 뭔 말임?

ㄴ남궁예건이랑 최성신도 저리 되길 바라야지. 지금도 훌륭한 피아니스트인 건 맞음.

ㄴ배도빈 연주가 너무 좋아서 악마가 유혹하는 것 같다는 말이 많은데 루시퍼가 샛별이란 뜻도 가지고 있음. 그래서 그렇게 부르는 듯.

ㄴ빠져나올 수 없는 매력의 루시퍼라는 거임?

ㄴ응 노잼이야.

ㄴ악마 같다는 말 같이 일하는 사람들이 너무 힘들게 굴어서 그렇게 부른다는 말도 있던뎈ㅋㅋㅋ

ㄴ아, 진짜임?

ㄴㅇㅇ 너무 완벽해서 엄청 귀찮게 하는 스타일이랰ㅋㅋ

ㄴ귀엽닼ㅋㅋ

"다녀왔습니다!"

친구 배도빈의 경연을 직접 관람한 최지훈은 한국에 돌아와서도 그 부푼 마음을 달랠 수 없었다.

이길 수 없을 거라 생각했다.

배도빈이 얼마나 대단한지 잘 알고 있었지만 가우왕은 최지훈이 피아노를 치기 전부터 사랑하고 존경했던 세계적인 피아니스트.

그가 얼마나 많은 사랑을 받고 있는지 너무도 잘 알았기에, 아직 어린 배도빈은 이길 수 없을 거라 생각했다.

그러나 친구의 승리를 위해 기도했는데, 막상 연주를 들으니 새로운 세상에 들어간 듯했다.

그 연주만으로도 너무나 황홀했는데 압도적인 결과가 나오자 최지훈은 작은 손을 불끈 쥐었다.

환희. 전율.

너무나 멀어 보이지도, 어디에 있는지 가늠조차 안 되던 프로 연주자의 세계.

한 살 어린 친구가 그곳에 우뚝 서는 모습을 보며 최지훈은 빨리 연습하고 싶을 뿐이었다.

그리고 이 기쁨을 아버지와 함께하고 싶었다.

"아버지?"

"음."

아버지의 거실로 향한 최지훈은 TV 화면에 배도빈에 대한 이야기가 나오고 있음을 보곤 신나서 최우철 사장 옆에 앉았다.

"도빈이 대단하죠? 정말 엄청났어요! 아버지도 함께 들으셨으면 좋았을 텐데. 다음엔 꼭 같이 가주세요."

"……돌아왔으면 씻고 쉬어라."

아버지의 냉담한 반응에 어린아이치고 눈치가 빠른 최지훈이 입을 닫았다.

무슨 이유인지는 알 수 없었지만 아버지가 화났다는 걸 느낀 최지훈은 순순히 그의 말을 따르려 인사하고 거실을 벗어나려 했다.

그때였다.

"재밌었던 것 같구나."

최우철의 목소리가 조금 부드러워졌기에 조금 시무룩해졌던 최지훈이 다시 밝게 대답했다.

"네!"

"……분하지는 않았느냐."

"……네?"

"너보다 한 살 어린놈이 저런데 분하지 않냐고 물었다."

"하지만 도빈이는 제 친구……."

쾅!

최우철이 의자 팔걸이를 세게 내려쳤고 최지훈은 그런 아버지의 모습에 떨기 시작했다.

"뒤처지면 친구 따위 없어! 친구조차 될 수 없다는 말이다!

네가 대체 무엇이 부족하냐. 배도빈에게 있고 네게 없는 게 대체 무엇이야!"

"아, 아버지……."

"난 나를 도와주는 것 따위 없었다. 하지만 넌 달라. 네가 원하는 건 무엇이든 주마. 그러니 말해. 대체 뭐가 필요하냐고! 네게 뭘 줘야 배도빈처럼 될 수 있는 거야!"

억센 손으로 자신의 양어깨를 잡고 뒤흔드는 아버지를 바라보며.

최지훈은 울지도 못하고 고개를 떨어뜨렸다.

소년이 할 수 있는 말은 하나뿐이었다.

"……죄송해요."

"멋진 연주였어."

경연이 끝나고 가우왕이 찾아와 악수를 건넸다.

그가 연주한 여섯 곡을 듣고 그간 얼마나 많은 노력을 했는지 알 수 있었기에 그 손을 기쁜 마음으로 잡았다.

"멋진 연주였어요."

"분하지만."

분하다면 더욱 정진할 터.

그러지 않다면 이렇게나 성장할 리 없다.

그는 군말 없이 그의 매니저와 함께 떠났고.

그의 등을 보며 단순히 자아도취에 빠져 있는 인물이 아니라 생각했다.

"생각보다 뒤끝은 없어 보이네요."

"그러게. 인터뷰만 봤을 땐 그런 진상도 없다고 생각했는데."

박선영의 말을 히무라가 동조했다.

나 역시 화가 잔뜩 나 있었으니 할 말은 없지만, 분명 뭔가 그에게는 분한 일이 있었던 듯싶다.

뒤이어 경연을 보러 와준 사람들이 대기실로 찾아와 주었다.

"훌륭했다."

"고마워요, 세프."

"최고의 무대였네. 유감없이 실력을 발휘하더군."

"무대 위에선 더 집중하게 되니까요."

푸르트벵글러와 사카모토 외에도 많은 사람에게서 축하와 감사 인사를 받았다.

어찌나 많은 사람이 찾아왔는지 경연을 끝내고도 두 시간이나 대기실에서 꼼짝없이 묶여 있었다.

"도빈아, 마리 얀스라는 분이 찾아오셨어."

"마리 얀스?"

어디선가 들어본 이름인데 잘 기억이 나질 않아 히무라에게 되물었다.

"암스테르담 로열 콘세르트허바우 오케스트라 음악 감독이야. 세계 최고의 거장이지."

"아."

푸르트벵글러가 있었더라면 대기실이 난리가 났을 것이다. 그가 연말, 연초 연주회로 바빠 서둘러 귀국하여 다행이다.

"만나볼게요."

히무라에게 뜻을 전하자 곧 암스테르담의 지휘자 마리 얀스가 대기실로 들어왔다.

흰 머리가 성성한 노인이었는데 눈이 깊고 차분한 분위기를 풍겼다.

"반가워요, 마리 얀스."

"반갑네, 어린 베토벤."

악수를 나누는데 마리 얀스가 나를 지그시 바라보았다.

어린 베토벤이라니.

뜨끔한 말을 한다.

"그보다 완벽한 베토벤은 들어본 적 없었네. 꼭 경의를 표하고 싶어 찾아왔네만. 바쁜 와중에 실례하게 되었군."

"바쁘지만 시간 정돈 낼 수 있어요."

"하하하! 나를 알고 있는가."

"기사에서 본 적 있어요."

"기사?"

"푸르트벵글러를 놀리려고 세계 최고의 오케스트라를 뽑은 기사를 본 적이 있거든요. 그때 마리 얀스의 암스테르담이 1위를 했어요. 꽤 예전 기사였는데."

"아, 기억이 나는구만. 그가 별말 없던가?"

"웬걸요. 재밌었죠."

처음 보지만 공통된 이야기가 있어 몇 번 만난 것처럼 친근하게 대할 수 있었다.

"연주에 이끌려 찾아오긴 했네만 어린 친구와 어떻게 대화를 해야 좋을지 곤란했네. 의외로 동년배를 대하는 것처럼 편하구만."

"저도 그래요."

"하하하하! 이거 다 늙었다고 생각했는데 의외로 내 정신연령이 젊은 모양이야."

"도, 도빈아."

히무라와 이승희가 난감하다는 듯 안절부절못했지만 정작 마리 얀스는 신경 쓰지 않는 듯하다.

"정말 훌륭한 연주였네. 특히 베토벤의 C단조. 베토벤을 좋아하는가?"

"그럼요."

"자네가 연주한 베토벤의 소나타를 들을 수만 있다면 언제 어디든 가도록 하지. 부디 내가 죽기 전에 들려주었으면 하네."

내 피아노 소나타를 연주한다라.

교향곡을 지휘하는 것만 생각했는데 그런 일도 분명 의미가 있으리라 생각했다.

듣는 것만으로도 만족했는데 아무래도 내 의도와 현재 내 곡을 해석하는 방식에 차이가 있다 보니, 지금의 방식을 어느 정도 차용하여 새롭게 연주하는 것도 분명 재밌을 것이다.

"그렇게 할게요."

"음. 꼭 찾아 듣겠네. 내 손주도 기대하고 있을 걸세."

마리 얀스가 떠난 뒤에도 기자들이 몰려들어 인터뷰를 정신없이 진행했다.

덕분에 호텔에 돌아왔을 때는 29일을 넘겨 30일이 되어 있었고 씻지도 않은 채 곧장 침대 위에 쓰러지듯 눕고 말았다.

'생각보다 즐거웠어.'

훌륭한 피아니스트가 나와 대결을 하기 위해 더욱 성장하여 깊이 있는 연주를 했다.

그 곡을 나 역시 연주하고 많은 사람들과 공유한다.

예전 귀족들의 심심풀이로 해야만 했던 '대결'과는 사뭇 다른 느낌이었다.

음악을 통해 대화를 나누는 자리.

영혼이 충족되는 듯해 고단하지만 무척이나 만족스러운 하루였다.

'그러고 보니 지훈이가 안 왔네.'

콘서트홀에 온 것까지는 봤는데 아무래도 인파가 너무 많아 먼저 돌아간 듯.

시간도 너무 늦었기에 한국으로 돌아간 뒤 연락해야겠다고 생각하며 눈을 감았다.

다음 날.

채은이네 가족과 함께 간단히 점심을 먹고 귀국했다.

채은이에게도 도움이 될 것 같아서 가족과 함께 초청했는데, 느끼는 바가 있는지 자꾸만 어제의 연주곡을 흥얼거렸다.

"재밌었어?"

고개를 힘차게 끄덕이는 채은이는 피아노 소나타 8번 C단조를 가르쳐 달라고 했다.

"나 따따단~ 가르쳐 줘."

실력이 부쩍 늘었고 또 언제까지나 연습곡만 시킬 수는 없어서 그러지 않아도 다음 단계로 넘어가려 생각하고 있었다.

"그래."

채은이만큼 빠른 속도는 아니지만 최근 1년 사이, 큰 폭으로 성장한 최지훈에게도 도움이 될 것이다.

짧은 여행을 마치고 돌아온 집에서 여유롭게 지낸 뒤, 다음 날 최지훈에게 문자를 보냈다.

[피아노 치자.]

[만세! 지금? 어디서?]

[내 녹음실. 어딘지 알지?]

[응!! 준비해서 갈게!]

언제나 씩씩한 녀석이다.

'그런 점이 좋은 거지만.'

옆집으로 가 녹음실에 간다고 하니 옆집 아주머니가 가족 모임이 있다며 채은이를 말렸다.

엉엉 우는 채은이를 달랜 뒤 녹음실로 가 연습을 하고 있자니 곧 최지훈이 들어왔다.

"도빈아~"

들어오자마자 달려와 안기에 밀어냈다.

"왜 이래?"

"반가워서. 히힛."

"그제도 봤잖아."

"그래도 반가운걸?"

싱거운 녀석.

두 대의 피아노에 각각 앉았다.

"오늘은 뭐 칠 거야?"

"연주회 복기."

"복기?"

"응. 경연 때 아쉬운 부분이 좀 있었는데 그걸 연습해 보려고."

"아."

"중요한 일이야. 빼먹으면 안 돼. 연습은 가장 어려운 부분부터. 그래야 손이 풀려."

"응!"

힘차게 고개를 끄덕인 최지훈을 보며 웃었다.

가우왕이 마지막으로 선곡했던 슈베르트의 피아노 소나타 A단조.

이 독특한 느낌의 소나타는 역동적인 분위기로 다른 곡에서는 느낄 수 없는 색다른 느낌이 짙다.

새로운 시도를 했다는 느낌이 강하다.

'멋진 친구였지.'

죽기 얼마 전 찾아와 울면서 뛰쳐나간 모습이 지금도 선하다.

그를 좀 더 일찍 알았더라면 도움을 줄 수 있었을 텐데.

나중에 다시 태어난 뒤에야 사카모토로부터 그가 가난하고 힘겹게 살았다는 것을 들어 안타까웠다.

그를 기리고 추억하기 위해.

다시금 아쉬웠던 부분을 복기하며 연주를 이어나갔다.

"와."

연주를 마치자 최지훈이 작게 감탄했다.

"좋지?"

"웅! 엄청 좋아. 슈베르트지?"

고개를 끄덕인 뒤 설명을 덧붙였다.

"가장 주목할 건 3악장. 스케르초랑 트리오의 대조점이야."

"그 집요한 부분?"

집요하다라. 적절한 표현이다.

"자, 그럼 쳐보자."

악보를 가져다주니 평소 겁부터 내는 것과 달리 곧장 집중하기 시작했다.

기특하긴 하다만 행동이 뭔가 달라졌는데, 평소보다 힘이 들어간 것 같기도 해 확실히 무슨 일이 있었던 것 같다.

'이 몸의 연주에 감동한 건가'라고 생각하기엔 평소에도 내 연주를 많이 듣는다.

그렇게 두 시간, 세 시간이 흐르고 엉망진창이지만 일단은 끝까지 연주를 해본 최지훈이 다시 한번 마구마구 틀려대며 건반을 누른다.

조금씩이지만 분명 어디서 잘못했는지 인지하고 있는 것처럼 보여 잠깐잠깐 한마디씩 거드는 것 이외에는 잠자코 들어주었다.

아직은 곡을 해석해 연주하는 단계가 아니라 정확히 연주하는 데 집중할 단계다.

조금 답답하지만.

저 집중하고 있는 얼굴을 보면 괜스레 흐뭇해진다.

피아노가 아니라도 녀석에게는 너무나 많은 것이 있다.

잘생긴 얼굴, 부유한 집안, 명석한 머리. 그 외에도 사람을 대하는 태도나 여러 면에서 참 바른 아이다.

그럼에도 저렇게나 말없이 피아노를 대함에 집중한다.

저 나이 때의 평범한 아이의 집중력은 한 시간도 채 안 될 터. 그럼에도 벌써 몇 시간째 매달려 집중의 끈을 놓지 않는 걸 보면 확실히 재능이 없다고 말할 수는 없을 것 같다.

집착.

그 집착이 무엇 때문에 생겼는지 알 방도는 없다만 그것이 최지훈을 피아노 앞에 앉아 있게 해주는 것이리라.

처음 만났을 때의 감상 그대로.

녀석은 훗날 이름을 남길 음악가가 될 것이다.

단지 하나 걱정이 있다면 그 '집착'이 본인이 아닌 다른 사람을 통해 생긴 게 아니길 바랄 뿐.

녀석의 아버지가 강요를 하는 듯해 그것이 걱정이다.

"후우."

"수고했어."

"나 좀 늘었어?"

밝은 웃음.

땀을 삐질삐질 흘리면서도 웃음을 잃지 않은 녀석을 보며 같이 웃어주었다.

"하나도 안 늘었어."

"히잉."

"기죽은 척하지 마. 하나도 안 그런 거 다 아니까."

"……히힛. 그러게. 열심히 하면 되지."

또 평소와 다른 반응.

아무래도 정말 무슨 일이 있는 것 같아 물었다.

"무슨 일 있어?"

"아니. 없는데?"

거짓말이다.

오늘 녀석을 보며 계속해서 들었던 이상한 감각이 확신이 되었다.

"무슨 일인데?"

"그냥. 빨리 안 늘어서 조금 속상할 뿐이야. 신경 쓰지 마."

잠시 물을 마시고 쉬는데 최지훈이 입을 열었다.

뭐라도 말해주길 기다리고 있었던지라 묵묵히 그 말을 들어주었다.

"도빈아, 그거 알아?"

"뭘?"

"전 세계에 피아노를 치는 사람이 수만 명이나 있대."

'그렇게나?'

"몰랐네."

"히힛. 나도. ⋯⋯홍승일 선생님이 말씀해 주셨는데 어렸을 때 피아노 학원을 다닌 사람까지 생각하면 훨씬 더 많을 거래."

"그렇겠네."

"그런데 왜 우리가 아는 피아니스트는 그렇게 적을까? 프로가 되기 전에 포기하는 걸까?"

"⋯⋯."

"그래서 물어봤는데 프로가 되어도 무대조차 오르지 못하는 사람이 많아서 그렇대. 넌 이게 무슨 뜻인지 알아?"

안다.

대답을 않고 있자 최지훈이 다시 말을 이어나갔다.

"나도 몰랐어. 나는 열심히 노력하면 항상 무대에 오를 수 있었거든. 그런데 그게 아니래. 원래는 그러지 못한대. 그게 정상이래."

"⋯⋯."

"난 피아노만큼은 내가 노력해서 얻은 건 줄 알았는데 피아노도 아버지의 도움을 받고 있었던 모양이야."

"아니야."

최지훈이 고개를 저었다.

"그래서 콩쿠르에 더 열심히 나가려고."

"콩쿠르?"

"응."

"공평하니까."

어린 최지훈의 목소리는 조금도 떨리지 않았다. 마치 굳게 다짐한 기사의 그것처럼 흔들림 없이 전달되었다.

"우리 아버지 부자고 다른 아이들과 출발선부터 다르잖아. 다른 아이들은, TV에 나오지도 못하잖아. 그래서 부러움도 질투도 많이 받는 거 같아."

최지훈이 주먹을 불끈 쥔다.

"분해. 나도 노력했는데, 그런 걸로 내 노력이 부풀려지거나 무시당하는 것이 너무 분해."

"……."

"그치만 콩쿠르는 달라. 일단 모두가 무대에 오를 수 있잖아? 무대에 오르지 못하는 연주자가 얼마나 많은지, 그래서 얼마나 많이 음악을 포기하는지 들었어. 그래서 난 콩쿠르에 나갈 거야. 그들과 같은 선에서 연주하고 싶어. 그래야 내 노력의 성과를 제대로 인정받을 수 있으니까."

최지훈이 나를 보며 말을 마쳤다.

"나 내년에 전학 가."

그 굳은 눈빛과 목소리.

내 벗은 이미 한 사람의 어엿한 피아니스트였다.

"그래. 잘 가."

"어?"

잘 가라는 인사를 했더니 진지했던 최지훈이 당황한 듯 되물었다.

"잘 가라고."

"아니, 그."

"뭐가 문제야?"

당당히 자기 무대를 찾아가려는 것 같아 응원했는데 뭔가 최지훈이 생각했던 일과는 좀 다른 것 같다.

"전학 가잖아. 아쉽거나 보고 싶거나 하지 않아?"

"전학 가면 못 봐?"

"그건 아니지만……."

"어디로 가는데?"

"서울 시립 초등학교. ……음악의 회당 아카데미에도 들어가기로 했어."

"서울이잖아."

"응."

"거기 가면 나 안 볼 거야?"

"아니야! 내가 왜 그래!"

"그럼 문제없잖아."

최지훈이 어떤 생각으로 각오를 다졌는지는 모르겠지만 어떤 환경에 있든 본인의 마음가짐이 제일 중요하다.

피아노에 대한 끈을 놓지 않는 이상 환경은 부가적인 요인일 뿐.

홍승일이 뛰어난 피아니스트고 다른 학생들에게 존경 받는 듯하지만 분명 그만이 답은 아니다.

멀리 가버리면 조금 아쉽겠지만 서울에서 다니는 거라면 못 만나는 것도 아니고.

문제 될 것 하나 없다.

"……그러네."

"응."

"히히힛. 그러게. 문제없어."

최지훈이 다시 평소처럼 웃기 시작했다. 아무래도 전학 가는 것과 환경을 바꾸는 일이 녀석의 뜻은 아니었던 듯.

불안한 모양이다.

"음악의 회당 아카데미? 뭐 하는 곳인데?"

"아. 영재들이 모이는 곳이래. 아버지 말로는 음악 영재 교육 시스템으로써는 우리나라 최고래."

그 뒤로도 자기가 아는 이야기를 푸는데, 학원 같은 느낌이 들었다.

"……예전에 다니던 베토벤 같은 곳은 아니지?"

문득 최지훈과 처음 만난 음악 영재 유치원에 대한 기억이 떠올랐다. 음악 영재라고 하기에는 음악에 조금 관심 있는 아이들을 보육하는 유치원일 뿐이었다.

"응. 아무래도 수준 차이가 많이 날 거야. 아, 너도 다닐래? 재밌을 거야. 저번에 한번 가봤는데 환경도 정말 좋았어. 선생님들도 대단한 분이셨고."

"안 가."

"히잉. 왜?"

"내가 그런 데 가면 생태계 파괴하는 거래. 황소개구리라나 뭐라나."

"생태계 파괴? 황소개구리?"

고개를 끄덕이자 최지훈이 고개를 갸웃거렸다.

"그런 못된 말 누가 했어? 내가 혼내줄게!"

"인터넷 댓글로 있던데."

여러 사람이 이야기를 해주었다.

나카무라마저 비슷한 이야기를 했는데, 어린아이들 사이에 끼어 있어 봤자 내 이미지에만 독이 될 거라는 말이다.

"실력 차이가 너무 나니까 그런 데에 가면 다른 사람들한테 질투 받을 거래. 내 이미지도 안 좋아지고."

"아."

최우철이라는 배경 때문에 알게 모르게 그런 시기를 받았던 최지훈이라면 조금 이해할 수 있을 것이다.

"그래서 콩쿠르나 그런 데 당분간은 안 나갈 거야. 나이 차서 성인들하고 겨룰 수 있으면 좋겠지만."

"……하지만 넌 정말 실력인데. 불공평해."

착한 녀석이다.

"우리 외할아버지도 부자래. 그런 이야기 때문에도 말이 나올 수 있을 거야."

"아, 맞다."

"그리고."

"응?"

"네가 한 이야기 좋았어. 다들 무대조차 오르지 못해 발버둥 치며 살 거야. 콩쿠르는 그런 사람들도 누구나 공평한 기회를 얻을 수 있으니까. 분명 의미 있지."

"응!"

홍승일도 히무라도 나카무라도 사카모토도 내게 콩쿠르에 나가야 하는 이유에 대해 납득시키지 못했다.

그 일을 최지훈의 어리고 솔직하며 고고한 마음이 성공한 것이다.

내가 쌓아 올린 유명세와 인맥.

쉬운 일은 아니겠지만 당장에라도 나는 푸르트벵글러에게 연락해 베를린 필하모닉과 피아노 협연을 할 수도 있다.

푸르트벵글러가 내 실력에 대해 알고 있기 때문이기는 하지만, 피아니스트로서 전혀 활동하지 않은 내가 말이다.

그 역시 요행과 배경으로 얻은 무기는 아니지만 분명 헛소리들이 나올 터.

그런 이야기 무시하면 그만이라 해도 신경 쓰이는 것은 어쩔 수 없는 일.

최지훈은 내게 그런 점에 대해 아주 좋은 이야기를 해주었다.

"고마워. 말 잘했어."

"히힛. 난 천재니까."

아직 그 이름에 대해 부담을 느끼는 듯해 항상 그러하듯 부담을 덜어주었다.

"천재 아니라니까."

"지금은 아니지만! 열심히 노력해서 멋진 연주를 할 수 있게 되면 천재가 되지 않을까?"

"천천히 해. 피아니스트 최지훈이 될 생각만 해도 바쁠 거야."

이미 그 마음가짐은 어엿한 음악가라 생각하지만.

"오늘 조금 친절한 것 같아."

"난 원래 친절해."

부디 그 마음이 비와 바람에 흔들리지 않기를 바랄 뿐이다.

2014년, 새해를 맞이해 가족끼리 모여 떡국을 먹었다.

외할아버지는 십 년 가까이 가족과 함께하지 못했던 것을 보상받고 싶기라도 하듯 과하다 싶을 정도로 많은 것을 준비했다.

어머니도 아버지도 불편해 보였다.

"굳이 런던까지 와서 떡국을 먹어야 해요?"

결국 어머니께서 외할아버지를 타박했다.

"그럴 만한 이유가 있지."

"그 이유에 대해 설명도 안 해주셨잖아요. 도빈이 아빠 일도 못 나가게 일주일씩이나."

"괜찮아. 연차 다 썼으니까."

"올해 연차 반을 써버렸으니 문제죠."

"하하하."

괜찮다고 하시는 아버지께서도 조금은 서글퍼 보이는 기색이다.

"흐음. 그 직장 말이야."

"네, 장인어른."

"대학 총장으로 있는 친구가 이번에 교수 자리가 비는데 자네 이야기를 꺼내더군."

"네?"

외할아버지의 갑작스러운 발언에 아버지와 어머니가 놀라서 물었다.

"자네도 이제 본업으로 돌아가야지. 언제까지 상관없는 일을 하고 있을 텐가. 연구도 하고 학생도 가르치고 하면 좋을 것 같은데. 면접 볼 생각 없느냔 말이야."

"대학……."

아버지는 조금 고민하시는 듯했다.

생각지도 못한 일이라 조금 당황스러우면서도 반가워하시는 것 같았다.

나는 잘 모르지만 대학에서 관심을 보일 정도라면 아버지께서도 이름 있는 학자셨던 것 같다.

"아버지, 아버지 눈에는 아무것도 아닌 것처럼 보여도 제 남편 작은 회사지만 엄청 인정받고 있어요. 형편없는 중소기업이라고 해도 그렇게 그만두게 할 수는 없어요."

"흐음. 그런 뜻으로 들었다면 오해다. 나는 단지."

"그리고 그 일 이후 그렇게 무시당했는데 자존심 때문에라도 받아들이지 않을걸요? 그렇죠?"

어머니께서 아버지를 보며 물었는데 아버지께서는 일단 어머니를 말리고 싶은 눈치였다.

"아니. 예전 일이고. 학계 사람들도 당시엔……. 김 박사가 나쁜 짓을 하긴 했으니까. 서운하긴 해도."

"거봐요. 그 못된 학계 사람들과는 절대 다시 만나고 싶지 않다고 하잖아요."

"그, 그렇게까지는."

"그런 생각을 가지고 있다면 아쉽군. 난 배 서방이 다시 일할 수 있도록 도와주고 싶었을 뿐이다."

뭔가 아버지는 하고 싶으신데 어머니께서 아버지를 너무 생각하느라 대화에 간극이 생긴 듯하다.

평소에는 그렇지 않지만 아버지 이야기만 나오면 흥분하시는 어머니시라 조금 도와드릴 필요가 있을 것 같다.

"전 아빠가 원래 하던 일 했으면 좋겠어요."

"도빈아."

아버지와 어머니께서 동시에 나를 보셨다.

아버지는 반가운 얼굴, 어머니께서는 조금 당황한 표정이다.

"도빈아, 복잡한 일인데 아빠가 예전에 아주 못된 사람들한테 당한 게 있어. 그렇게 무시하다가 외할아버지가 물어보니어쩔 수 없이 나온 거야. 아빠 자존심에 용납할 수 없을걸?"

"내가 이야기한 게 아니라 친구 녀석이 먼저."

"아버지는 좀 가만히 계세요."

아무래도 아버지가 직접 말씀하셔야 할 것 같다.

아버지의 손을 꼭 잡아주자 솔직하게 입을 여셨다.

"장인어른, 저 면접 보겠습니다."

"봐요, 아버지. 신랑도. ……어?"

"자존심 같은 거 아무것도 아니지. 또, 도빈이에게 당당해지고 싶고. 아빠도 잘하는 게 있다고."

"여보."

두 분이 서로를 애틋하게 바라보다 손을 꼭 잡는다.

결혼한 지 몇 년이나 되었는데 저렇게 뜨거운 걸 보면 결혼도 나쁘지 않은 일이라는 생각이 들었다.

"잘 생각했다."

외할아버지도 고개를 끄덕인 뒤 입을 닦으셨다.

"그럼 내일 준비하도록 하게."

"네?"

"면접 본다고 하지 않았나."

"그렇기야 한데 준비도 없이……. 오늘 밤에 가도 내일 아침에나 도착할 테니 조금 촉박합니다."

"그런 거 본래 제 실력으로 보는 걸세. 그리고 대학은 한국이 아니라 여기야."

그 말에 우리 가족은 깜짝 놀라고 말았다.

"영어는 잊지 않았겠지?"

"……."

아버지의 얼굴이 난감해졌다. 잊으신 모양이다.

"그런 거 직접 들으면 금방 기억할 거야. 운전도 안 하다 보면 까먹은 것 같은데 막상 운전대 잡으면 기억나지 않은가."

아무래도 아버지에게는 너무나 큰 기회이자 시련인 듯하다. 서둘러야겠다고 말한 뒤 방으로 돌아가셨는데 그 모습이 조금 급박해 보였다.

"무슨 대학이에요?"

"루턴 대학이다. 김 실장이 데려다줄 거니 걱정 마라."

"너무 갑작스럽잖아요. 준비할 시간도 필요할 텐데."

"그쪽에서 먼저 제안한 일이야. 테메스 쪽에 관심이 있는 모양인지 그쪽 관련한 전문가가 필요하다 하더군. 어지간하면 데리고 갈 거다."

"……."

"사업 문제가 아니라 연구 자료를 위한 일이니 예전과 같은 일은 없을 거다."

"그렇다면 다행이지만 똑같은 상처를 받을까 봐 걱정이에요. 그 일 이후로 믿었던 동료들한테도 손가락질당했으니까."

"흐음."

두 분의 대화를 듣고 있다가 문득 의문이 들었다.

"아빠가 루턴 대학에서 일하게 되면 우리는 어디서 살아요?"

"음?"

"아."

"한국에 있어야지. 넌 학교도 다녀야 하잖느냐."

"도빈이 아빠가 영국에서 일하게 되면 어차피 이쪽에서 사는 것도 나쁘지 않을 것 같아요. 도빈이가 음악 하기에도 유럽이 좀 더 좋은 환경일 것 같기도 하고요."

확실히 독일과 가까워지니 베를린 필하모닉과 자주 만날 수 있을 것이다.

아버지가 영국에 직장을 얻게 된다면(그게 아버지가 평생 바라던 일이라면 더욱이) 어머니도 영국으로 이주할 생각이 있으신 모양이다.

"아, 안 돼. 그건 안 된다."

좀처럼 흥분하는 일이 없는 외할아버지가 잔뜩 당황하셨다.

"도빈이가 영국에서 사는 건 생각하지 못하셨나 봐요? 손자 보러 오려면 영국까지 오셔야 하는데."

"안 된다고 하지 않았느냐!"

외할아버지의 역정을 듣고 어머니와 마주 보고 웃고 말았다.

· 23악장 ·
9살, 불새

"끄응."

외할아버지는 웃는 나와 어머니를 보며 작게 신음한 뒤 단정 짓듯 말씀하셨다.

"그 문제에 대해서는 내 알아보도록 하지. 일단 잊어라. 이상한 생각하지 말고!"

"네."

어머니께서는 손자를 조금이라도 더 보고 싶은 할아버지를 놀리는 게 재밌는 듯하다.

'영국으로 오면 지훈이랑 채은이가 난리 나겠네.'

특히 채은이가 얼마나 한스럽게 울지 대강 짐작되었다.

아버지가 전공을 다시 시작할 수 있는 일은 너무나 기쁘고,

나도 좀 더 넓은 곳에서 음악을 할 수 있는 편이 좋다.

하지만 샛별 엔터테인먼트도 문제고 내가 정상적으로 한국에서 교육을 받길 바라는 어머니. 그리고 조금은 마음을 터놓고 지낼 수 있게 된 홍승일도 마음에 걸린다.

쉽게 결정할 일은 아닌 것 같아 외할아버지의 말씀대로 조금은 지켜보고 있는 게 좋을 것 같다.

"아무튼 그럼 내일은 아빠 응원하러 가자?"

"네."

"도빈이는 내일 나와 같이 갈 데가 있다."

"갈 데요?"

할아버지가 고개를 끄덕였다.

"저번에 바이올린 사달라고 하지 않았느냐. 그간 매물이 없었는데 내일 경매에 괜찮은 물건이 하나 나온다고 하더구나."

"아."

굳이 영국까지 와서 떡국을 먹은 이유가 있었던 모양이다.

아버지 일도 그렇고 바이올린도 그렇고.

반색하며 물었다.

"정말 사 주실 거예요?"

"그럼. 하나밖에 없는 손자가 처음 부탁한 일인데 들어줘야지. 세뱃돈이라 생각해라."

할아버지가 인자하게 미소 짓는다.

돈으로 사랑을 평할 수는 없지만 값이 어마어마하다는 걸 잘 알았기에 너무나 기뻤다.

"어쩌지……."

어머니께서 대학에 갈지 경매장에 갈지 고민하시는 듯해 말했다.

"아빠랑 같이 가세요. 전 할아버지랑 있으면 되니까요."

"……그래. 아빠 많이 초조할 테니 응원하고 올게."

'다 컸네'라고 말씀하시면서 내 머리를 쓰다듬으신 어머니와 함께 방으로 돌아갔다.

다음 날.

아침 일찍 루틴 대학으로 향한 어머니와 아버지를 배웅하곤 외할아버지와 함께 이곳저곳을 돌아다녔다.

옷이고 가방이고 시계고 장난감이고 관심 없는 물건을 잔뜩 사 주셨는데 들고 다니는 사람에게 미안할 정도였다. 한 사람으로는 부족해 네 명이 붙고도 차를 한 대 더 불러야만 했다.

'많이 달라졌네.'

영국은 몇 번 온 적이 있지만 내가 기억하는 런던과는 다른 점이 많다. 예전 분위기가 어느 정도 남아 있긴 해도 세월의 흐름을 무시할 순 없는 법이니까.

"슬슬 출발하자꾸나."

"네 시 시작이라고 하지 않으셨어요?"

"음. 아무래도 직접 연주해 보는 게 좋지 않겠느냐?"

당연한 일이다.

악기를 사는데 그 소리를 확인해 보지 않고 사는 건 있을 수 없다.

스트라디바리우스라는 명인이 만든 거라 해도 지금의 런던처럼 세월을 피할 순 없는 법이니 말이다.

그래도 경매에 나올 물건은 보안 문제로 직접 만지는 게 힘들 거라는 말을 히무라에게서 들었던 만큼 아쉽다고 생각하던 참.

할아버지가 힘써준 모양이다.

"주최 측을 통해 시연해 볼 수 있게 했단다. 경매에 들어가기 전에 만져보는 거지."

가우왕과 피아노 경연을 할 때도 느꼈지만 무슨 일을 할 때 정말 완벽하게 준비하시는 것 같다.

역시 세계적인 회사를 경영하는 사람답다.

할아버지와 함께 경매회장에 도착하자 정복 차림의 남자가 다가와 우리를 안내했다.

금빛으로 빛나는 홀을 지나 엘리베이터에 탔는데, 직원이 버튼 아래에 카드를 넣었다.

"저게 뭐예요?"

"보안 카드겠지."

재벌 할아버지 덕분에 신기한 구경을 여럿 한다.

저걸 넣지 않으면 엘리베이터가 작동하지 않는다는 설명을 들으며 어딘가에 도착하자 금발의 여성이 할아버지를 반겼다.

"처음 뵙겠습니다, 회장님. 그리고 마에스트로 배도빈."

한국말이다.

"반갑소. 바로 안내해 주시오."

"네. 이쪽으로."

기껏 3층에서 내렸더니 원형으로 이루어진 계단을 내려갔다. 1층에서는 이쪽으로 올 수 없는 모양이다.

그렇게 번거로운 절차를 밟아 들어선 어두운 방 가운데.

오렌지보다 좀 더 붉은, 아니, 불타오르는 황금빛을 내뿜는 바이올린이 전시되어 있었다.

그 고혹적인 자태에 나는 영혼을 빼앗길 것 같다.

"파이어버드. 명장 안토니오 스트라디바리가 1718년에 제작한 물건입니다."

안내를 해준 금발 여성이 설명해 주곤 나무판을 내밀었다. 그 위에 흰 면장갑이 있어 받아서 끼는 와중에도 '파이어버드'에게서 눈을 뗄 수 없었다.

"어떠냐."

"멋져요."

틀린 표현이다.

아름답다. 우아하다. 품격 있다 등 그 어떤 말로는 설명할 수 없었다. 있는 그대로의 감상을 말할 수 없어 할아버지를 올려다보았다.

웃고 계셨다.

"시연은 언제 시작할 수 있겠나."

"언제든지 가능하십니다. 다만 말씀드린 대로 회장에서……."

"알고 있네. 도빈아."

다시 파이어버드에 빠져 있는데 할아버지가 불러 고개를 돌렸다.

"경매 시작 전에 회장에서 연주해야 한다고 하더구나. 괜찮으냐."

"그럼요."

할아버지가 금발 여성을 보며 고개를 끄덕이자 그녀가 내게 설명을 시작했다.

"파이어버드의 시연을 맡아주셔서 감사합니다, 마에스트로 배도빈."

"네."

그러거나 말거나 관심 없다.

"저희로서도 거장께서 맡아주신다 하여 영광으로 여기고 있습니다. 다만 시연은 20분으로 제한되어 있으며 이후에는 경매가 완료될 때까지 접하실 수 없다는 점 유의해 주시기 바랍니다."

고개를 끄덕였다.

"따로 준비가 필요한 일은 없으실까요?"

"조율은 되어 있나요?"

"저희는 물품 관리를 위해 최선을 다하고 있습니다. 조율 또
한 되어 있지만 시연 전에 확인하실 수 있도록 조치하겠습니다."

"네. 감사합니다. 지금 바로 부탁드려요."

"네. 그럼."

경매장 직원이 파이어버드에 다가갔고 너무나 두근거려 외
할아버지의 손을 꼭 잡았다.

"하하. 그렇게나 좋으냐."

"네."

"장난감을 그렇게 사 줬을 때도 신통치 않더니."

외할아버지가 내 머리를 쓰다듬으셨고 나는 곧 직원에게서
파이어버드를 받아들었다.

그녀가 건넨 활을 쥐고 눈짓하니 고개를 끄덕인다.

괜찮다는 뜻이기에 현을 켜기 시작했다.

역시나 조율을 했다고는 하지만 완벽하진 않은 느낌이라 줄
감개를 만졌다.

"어떠냐."

"연주해 봐야 할 것 같아요."

"그럼 안내해 드리도록 하겠습니다."

한동안 걸은 뒤 직원이 막을 치우자 작은 무대가 나왔다. 아무래도 연주를 위해 준비된 곳은 아니고 경매를 하는 곳 같은데 좌석에 벌써 꽤 많은 사람이 앉아 있었다.

"마에스트로께서 직접 시연한다고 하시어 일찍 찾아와 주셨습니다. 연주는 언제든 편하실 때 해주시면 됩니다."

"잘하고 오너라. 난 돌아가 앉아 있으마."

"네."

할아버지와 직원이 떠나고 무대 가운데로 향하자 앉아 있는 사람들이 박수를 보냈다.

고개를 숙여 인사한 뒤 눈을 감고 정숙해지기를 기다렸다.

교양 있는 사람들이 찾았는지 장내는 금방 감상할 준비를 마쳤다.

독주곡이라.

바이올린 독주곡으로 이보다 좋은 곡을 찾기 힘들다.

바흐의 무반주 바이올린 소나타 2번 A단조.

그라베의 음이 길고 아름답기에, 후가의 다채로운 느낌에서 안단테와 알레그로로 이어지는 서정적인 비극 등 곡 자체로서도 매우 훌륭한 독주곡이다.

다양한 음을 사용하는 만큼 이 '파이어버드'의 소리를 듣기에도 적절한 곡이라 생각했다.

♪♫♪♪
♪♪♩♩

곡을 연주하는 행위는 악기가 더 자유롭게 공명할 수 있게 의도하는 행위라고 했던가.

그 표현이 어울리는 악기다.

모든 음표가 다이아몬드처럼 찬란히 빛을 낸다.

연주 내내, 확실히 명품이라는 느낌을 받았으며 '그녀'가 내는 소리에 빠져 쉬지 않고 바흐의 A단조 무반주 바이올린을 연주했다.

연주를 마치자 박수 소리가 들렸다.

"……."

원래 들었던 20분보다 조금 시간이 넘었음에도 기다려 준 모양.

직원이 올라와 파이어버드를 건네주었다.

그녀의 안내를 받아 정해진 좌석에 앉았는데 할아버지가 웃으며 말씀하셨다.

"훌륭한 연주였다."

"네."

"……뭔가 마음에 안 드는 모양이구나."

귀신이다.

"네. 안 사도 될 것 같아요."

"흐음. 분명 진품이라 했거늘."

"진품은 맞을 거예요. 너무 완벽했거든요."

"음?"

"나가요, 할아버지."

"으음? 정말 마음에 안 드는가 보구나. 시연하길 잘했지. 그래, 가자꾸나."

할아버지와 조용히 경매회장을 나섰다.

파이어버드를 연주하면서 처음 느낀 감정은 그 아름다운 음색에 매료됨이었다. 그러다 보니 그 음을 좀 더 제대로 내기 위해 따라갈 수밖에 없는 느낌.

연주자는 빠지고 악기만 남은 듯한 기분에 친해지기 어려운 느낌이었다.

"예쁜 연인 같은 느낌이에요. 어르고 달래도 제가 원하는 방향으로는 이끌기 어려운."

"……하핫! 네가 그런 기분을 안단 말이냐. 내 손자가 이렇게 조숙할 줄이야."

"그런 느낌이에요."

음악에 대해 잘 모르는 할아버지에게 어떻게 설명하면 좋을까 고민해 봤는데 적당한 표현인 듯하다.

연인은 내 소유물이 아니다.

그래서 더 애가 타는 것이다.

그러나 연주자와 악기의 관계가 그래서는 안 된다.

분명 너무나도 아름답고 황홀할 지경이었으나 파이어버드
를 다뤄서는 내 연주를 하기 어려울 것 같았다.

나는 연주를 하고 싶은 거지 악기를 돋보이기 위해 현을 켜
는 게 아니다.

"연주해 봤으니 그걸로 됐어요. 좋은 경험이었어요."

"흐음. 그래. 네가 그렇다니 어쩔 수 없지만 더 좋은 물건을
같이 찾아보도록 하자꾸나."

"네."

나를 위해 노력하신(실제로는 김 실장이라는 사람이 노력했겠지
만) 할아버지에게 감사하며 별장으로 돌아갔다.

도착해 얼마 안 있었는데 아버지와 어머니도 귀가하셨다.

무슨 말을 했는지 기억도 안 난다는 아버지는 정말 지치셨
는지 돌아오자마자 주무시고 말았다.

할아버지 덕분에 아버지보다도 먼저 결과를 알아버려서 푹
주무시게 두었다.

"합격이라 하는구나."

그 말을 전할 때 할아버지는 나를 어떻게든 한국에 두기 위
해 고민 중이신 듯했다.

♪

클래식 음악 공연 기획자로 유명한 루드 테슬라는 매년 줄어드는 관객 수를 놓고 고심하는 중이었다.

당분간은 고정 팬층이 두터워 괜찮다겠지만 새로 유입되는 이들이 턱없이 부족했다. 이대로라면 10년, 20년 뒤에는 클래식 음악계가 크게 축소될 것은 자명해 보였다.

젊은 루드 테슬라는 어떻게 하면 보다 대중적으로 나설 수 있을지에 대해 고민할 수밖에 없었다.

그러나 이러한 문제의식은 비단 그만이 것은 아니었다.

루드 테슬라와 같은 고민을 하는 많은 이가 클래식과 재즈, 락, 민족음악 등 타 장르의 결합을 시도하면서 활로를 모색했다.

단지 큰 방향을 이끌어내지는 못했을 뿐.

여러 목소리가 나오는 것은 당연한 일이었다.

'과거 순수했던 때로 돌아가야 한다.'

'좀 더 대중적으로 다가가야 한다.'

어떤 이는 이상, 전통을 말했고 어떤 이는 변화를 추구했다.

다들 자신들의 생각을 말했지만.

결국 가장 중요한 것은 '돈'이었다.

돈이 없으면 음악을 하고 싶어도 할 수 없다. 돈을 벌려면 인기를 끌어야 한다.

그런 점에서 전통론자든 개혁론자든 클래식 음악을 향유하는 사람이 줄어드는 것만은 막아야 한다는 의식을 공유할 수 있었다.

클래식 음악의 미래는 불투명하다.

그것이 진실이기 때문.

대부분의 음악계 인사들이 걱정하는 것처럼 루드 테슬라 역시 인류가 만들어낸 이 고귀한 음악의 불씨를 다시금 타오르게 할 무엇인가가 필요하다고 생각했다.

필요하다면 변화를 통해서라도 말이다.

그것이 루드 테슬라와 같은 사람들이 전통주의자들과 마찰을 겪는 이유였다.

그런데 그에게 영감을 주는 한 일화가 있었다.

'배도빈 가우왕 피아노 경연'.

모든 음악가, 특히 연주자는 콩쿠르를 통해 실력을 입증 프로 연주자로서 데뷔해 왔다. 그런 뒤에는 각자의 위치에서 활동하게 되는데, 그중에서도 탁월한 스타성을 발휘하는 연주자는 극소수였다.

젊은 피아니스트로서는 가우왕, 미카엘 블레하츠 등이 가장 인기 있는 티켓 파워를 발휘했는데, 만 29세의 가우왕은 지금도 발전하는 중이나 미카엘 블레하츠는 만 43세. 정점에 이른 기량을 유지하는 중이었다.

그러나 10년, 20년 뒤에는?

새로운 스타가 필요했다.

루드 테슬라는 몇 년 전부터 언론과 업계에서 주목받기 시작한 배도빈에게 관심을 가지게 되었다.

어린 나이. 외모. 실력. 스토리.

모든 것이 완벽했다.

가난을 이겨낸 천재 음악가는 세계적인 인기를 끌었고 동시에 그의 가정사가 일부 밝혀지면서 단순히 인기를 끄는 것이 아니라 '말할 거리'가 생겨난 것이었다.

'그의 실력은 진짜인가.'

'아니면 단순히 명문가의 만들어진 천재인가.'

사실 여부는 중요하지 않았다.

중요한 것은 배도빈이란 이름이 항상 언급되고 그로 인해 많은 사람이 자신의 의견을 내놓는다는 사실이었다.

인터넷만 들여다봐도 알 수 있다.

많은 사람이 배도빈의 이해할 수 없는 급진적 성장에 의문을 제기하면서 커뮤니티는 매번 진흙탕이 되었다.

화제성.

단순히 천재 음악가가 탄생했다는 것만으로는 관심을 받는 데 한계가 있는데, 배도빈은 이야기할 거리가 너무도 많은 것이다.

단순히 연주자가 아니라는 태생도 훌륭하다.

21세기에 들어서 새로운 클래식 음악이 탄생하는 일은 매우 드물어졌다.

기존에 있던 음악을 변형하고 탐구하는 일이 늘어나면서 작곡가의 수는 크게 줄어들었으며 그에 반해 연주자의 수는 과포화되었다.

고유성.

배도빈은 전통적인 작곡가였으며 동시에 연주에도 능했다.

이 역시 배도빈이 주목받는 이유 중 하나였다.

그런데.

얼마 전 피아노의 황태자 가우왕과 경연을 하면서 그 잠재된 스타성이 폭발하고 말았다.

배도빈과 관련한 키워드가 검색되는 양이 전에 비해 배는 뛰었고 그를 언급하는 언론 매체 역시 그만큼 뛰었다.

배도빈만이 아니었다.

상대였던 가우왕마저 경연 이후로 더 큰 관심을 받게 되었다.

후배에게 패배해 몰락한 것이 아니라, 경연을 통해 더욱 성장한 모습을 보여주었다는 점에서 팬층이 더욱 확고해졌고 그를 아는 사람이 늘어난 것이었다.

'이거다.'

루드 테슬라는 확신했다.

클래식 음악계에 필요한 것은 이런 일이었다고 말이다.

생각해 보면 너무나 원초적인 일이었다.

'누가 더 잘하는가.'

경쟁은 당사자가 아니라면 누구나 관심을 가지게 된다.

어릴 적 누구나 부모님을 귀찮게 물었을 터다.

'해가 세요, 달이 세요?'

'손오공이랑 마인 부우랑 싸우면 누가 이겨요?'

'모차르트랑 베토벤이랑 싸우면 누가 이겨요?'

'아인슈타인이 세요, 닐스 보어가 세요?'

체면 때문인지 아니면 성장하는 과정에서 그토록 많은 콩쿠르로 지친 탓인지.

공연 기획자인 루드 테슬라로서는 알 수 없었지만 클래식 음악에는 이런 원초적인 '대립 구도'가 없었다.

대립 구도가 있으면 스토리는 자연스럽게 나온다. 부족하다면 연출로 해결할 뿐이다.

실제로 작년 말에 있었던 '배도빈 가우왕 피아노 경연'의 결과로 대중이 바라는 게 무엇인지 알았으니 이 길을 만들어가야겠다고 생각했다.

그 중심은 역시나 현재 가장 많은 주목을 받고 있는 천재 음악가.

루드 테슬라가 전화기를 들었다.

♪

외할아버지와 영국 여행을 다녀온 뒤, TV 출연 일정을 소화하기 위해 방송국으로 가는 길.

심심하던 차 박선영이 이필호 기자가 보내줬다며 '관중석'을 넘겨주었다.

내 기사를 여러 번 써주었던 사람이기에 이름을 기억하고 있었는데, 잡지 수준이 꽤 높다.

[사카모토 료이치 리사이틀 대성황 속에서 마무리]
[베를린 필하모닉 송년 음악회. 과연 거장의 D단조는 완벽했다]
[스트라디바리우스 '파이어버드' 900만 유로에 낙찰]
[바이올리니스트 찰스 브라움, "파이어버드의 고혹적인 음색은 최고다."]
[한스 짐, "노먼 감독과 다시 작업할 수 있어 영광."]

'재밌네.'

모르는 단어가 간혹 나오기는 하지만 이젠 제법 글을 이해할 수 있어 요즘에는 이런 식으로 세상을 접하고 있다.

사카모토와 푸르트벵글러도 예정되어 있던 공연을 잘 마무리한 모양. 나중에 연락 한번 해봐야겠다.

　　그리고.

　　'결국엔 낙찰되었구나.'

　　파이어버드가 제 주인을 찾은 것 같다.

　　"찰스 브라움이란 사람 알아요?"

　　운전을 하고 있는 히무라에게 물었다.

　　"찰스 브라움? 모를 리가."

　　"들어본 적 없어?"

　　두 사람 모두 모르는 게 이상하다는 식으로 반응하는 걸 보니 이름을 알린 바이올린니스트 같다.

　　"피아노의 황태자가 가우왕이라면 바이올린 쪽에서는 찰스 브라움이니까. 콩쿠르에서 1등을 놓친 적이 없어. 런던 필하모닉에서 최연소 악장으로 있기도 했고. 솔로로 전향한 뒤엔 어마어마하게 성공했으니까."

　　"흐음. 그 사람이 파이어버드를 샀대요."

　　"그래? 내가 알기로 스트라디바리우스 하나 더 가지고 있는 걸로 아는데."

　　"저도 그렇게 알고 있어요."

　　박선영이 히무라의 말에 맞장구쳤다.

　　바이올린 수집이라는 사치스러운 취미도 있는 모양이다.

어찌 되었든 뛰어난 바이올리니스트에게 갔으니 파이어버드도 제빛을 발할 수 있으리라.

한 번 연주해 봤기에 미련은 없다.

페이지를 넘겼다.

반가운 소식이다.

"한스 짐이랑 노먼이 다시 작업하게 되었대요."

"또 대작 하나가 나오겠네."

"우주가 배경이라는데."

우주에 대해서는 전혀 모르지만 두 천재의 합작이니 개봉하게 되면 꼭 영화관을 찾을 것이다.

그렇게 시간을 보내고 있자니 방송국에 도착했다.

4시간의 긴 녹화를 마치니 진이 빠졌다.

"고생했어."

세트장에서 나오자 박선영이 무가당 오렌지 주스를 주었다.

"단 걸로 주세요."

"안 돼."

"제발."

"그, 그래도 안 돼."

저번에 몰래 사무실에 플레이박스와 과자, 음료수를 놓은 것을 어머니께 들킨 뒤로는 '제발' 공격도 소용이 없다.

아쉬운 대로 한 모금 마신 뒤 히무라를 찾았다.

"히무라는요?"

"전화 받으러 나가셨어. 먼저 가 있자."

오늘은 더 이상 일이 없어 돌아갈 생각으로 지친 몸을 이끌었다.

그러나 오늘도 주차장에는 팬들이 기다리고 있었다.

"꺄아!"

"도빈아! 도빈아! 누나 좀 봐봐!"

"여러분, 잠깐만! 그렇게 몰려오시면 도빈이가 다칠 수 있어요!"

이제는 꽤 능숙해진 박선영이 우렁차게 외치자 팬들도 진정하고 적당한 거리를 두었다.

"안녕하세요."

"꺄! 어떡해! 나한테 인사했어!"

한 명.

"머리가 바뀌었네요?"

"헐! 어떻게 알았어?"

두 명.

"아, 저번에 안 오셨죠. 기다렸잖아요."

"엉엉. 미안해. 누나가 알바 열심히 해서 많이 올게."

"선물 안 줘도 되니까. 그래도 이건 잘 먹을게요."

"귀여워!"

여러 명.

나를 좋아해 주는 팬들에게 최대한 인사하고 차에 타자 박선영이 어이없다는 눈빛으로 보았다.

"왜요?"

"어린 녀석이 벌써부터 누나들 애태우기나 하고. 그런 건 어디서 배운 거야?"

누나라.

10대, 20대는 꼬맹이로 보일 뿐이다.

"엄마가 팬들한테는 친절하게 대해야 한다고 가르쳐 줬어요."

얼굴을 기억하고 뭔가 짧게라도 말을 걸어줘야 한다고 말씀하셨는데, 확실히 다들 좋아해서 번거롭긴 하지만 노력하는 중이다.

"……어머님한테 내가 그런 말 했다고 하면 안 돼?"

"생각해 볼게요."

적당히 대답하고 관중석을 다시 읽기 시작했는데 히무라가 도착했다.

"미안, 미안. 늦었지?"

운적석에 오른 히무라는 주변을 둘러보았다.

"오늘도 엄청나네. 괜찮았어?"

"말도 마세요. 도빈이 말이면 팬들 전부 끔뻑 죽으니까."

"하하하! 요즘 말이 많이 늘긴 했더라. 연예인 다 되었던데?"

"순수했던 모습은 어디로 갔는지."

"순수는. 도빈이 어렸을 때 못 봤지? 그때는 정말 매일매일 당황스러웠다니까."

두 사람이 뭔가 은근히 욕하는 것 같지만 일단 넘어가 주었다.

"도빈아, 오늘 잠깐 시간 더 내도 될까?"

히무라가 운전석에서 몸을 틀어 나를 봤다.

"시간이요?"

"응. 인터뷰 요청이 들어왔는데 짧게 30분만 내달라고 하네. 유명한 곳이라 좋은 관계 만들면 괜찮을 것 같아. 두 번째 앨범 준비 중인 과정도 홍보가 될 것 같고."

"좋아요."

"좋아."

히무라가 차에 시동을 걸었다.

샛별 엔터테인먼트의 사무실에서 인터뷰를 요청했다는 기자를 만났다.

"안녕하세요, 리스팀지의 사라입니다."

"안녕하세요."

가볍게 인사를 나누자 사라가 곧장 질문을 던졌다.

"저번 경연 이후 사람들의 관심이 더욱 커졌습니다. 우선 앞으로 어떤 계획을 가지고 계신지 말씀 부탁드립니다."

히무라의 말로는 간절하게 부탁했다던데, 그런 것치고는 일반적인 질문이다.

"두 번째 앨범을 준비하고 있어요. 곡은 완성되었는데 함께 연주할 사람을 정하지 못해서요."

"예를 들어 친분이 있는 미카엘 블레하츠 씨는요?"

생각해 보지 않은 것은 아니지만 내년까지 가득 찬 그의 일정을 고려하면 무턱대고 부탁할 수도 없는 일이다.

사카모토의 경우에도 다른 작업이 정해져 있기에 이번만큼은 함께할 수 없을 것 같다.

"워낙 바쁘니까요."

그 뒤로도 일반적인 질문이 이어지다 사라가 흥미로운 이야기를 꺼냈다.

"얼마 전 파이어버드 경매회장에서 시연을 하셨다죠?"

"네."

기자는 없었는데 어떻게 알았는지 신기하다.

"그에 대해 다들 의문을 가지고 있거든요. 천재 바이올리니스트와 스트라디바리우스의 만남이 성사될 줄 알았는데 애석하다면서."

"제가 활용할 물건은 아닌 것 같아서요."

내 말에 사라가 빙그레 웃더니 무엇인가를 꺼내 앞에 놓았다.

신문 기사다.

[배도빈은 파이어버드의 진가를 몰라봤다]

'이건 또 무슨 시비야?'

히무라가 급히 기사를 들어 읽기 시작했다.

기대했던 반응이라는 듯 사라가 입을 열었다.

"실은 오늘 찾아뵌 이유는 이것 때문이에요. 찰스 브라움,
알고 계시죠?"

고개를 끄덕이자 계속해서 말을 잇는다.

"그 회장에 함께 있었던 모양이에요. 그는 당신이 파이어버드
를 당연히 살 줄 알았던 것 같고요. 시연까지 요청했으니까요."

"……."

"그런데 연주를 마친 뒤 경매장을 떠나는 것을 보고 실망했
다는 이야기를 밝혔어요."

"할 짓 없는 사람이네요."

"도빈아."

기자 앞에서는 말을 조심해야 한다고 하지만 도발을 당하고

가만있을 내가 아니다.

"걱정 마세요. 이 내용을 기사로 쓰고 싶은 생각은 없으니까. 좀 더 재밌는 이야기가 있거든요."

"재밌는 이야기?"

히무라의 질문에 고개를 끄덕인 사라가 웃으며 말했다.

"여기까지는 팩트고. ……재밌는 가십이 하나 있어요. 실은 이 기사가 의도되었다는 말이죠."

"……."

"루드 테슬라라는 유명 기획자가 찰스 브라움을 꼬드긴 모양이에요. 당신이 파이어버드를 연주하고도 사지 않은 건 스트라디바리우스를 무시하는 거라고."

"왜요?"

"음?"

"만약 그랬다고 치고 그 테슬라라는 사람이 왜 그런 말을 한 것 같아요?"

"찰스 브라움과 당신의 대결을 보고 싶기 때문이겠죠. 아니, 그걸로 돈을 벌고 싶다는 게 정확할 것 같네요."

"만약 사실이라면 말이죠?"

"네. 만약에."

헛웃음이 나왔다.

세상이 개벽한 듯 변화했다고 하지만 어찌 사람만은 이렇게 달라지지 않는지.

과거에도 귀족들이 이런 식으로 음악가들을 상대로 싸움을 붙인 적이 있었다. 아니, 수두룩했다.

내가 이러한 '대결'에 진절머리를 내는 이유다.

사라가 기다렸다는 듯이 물었다.

"다시 본론으로 돌아가서. 당신이 파이어버드의 진가를 몰라봤다는 찰스 브라움의 발언에 공식적으로 답해주실 수 있으신가요?"

아마 이 대답을 듣고 싶어 급하게 찾아온 듯.

곧 이 사람 말고도 여러 기자가 물어볼 것 같아 솔직하게 말했다.

어디 사는 개뼈다귀인지 뭔지 모르겠지만 그 공연 기획자라는 놈의 의도에 놀아나 줄 생각도 없고 말이다.

"좋은 바이올린으로 좋은 연주 많이 하면 좋겠네요."

"……."

내가 무슨 말을 할지 조마조마하게 지켜보던 히무라가 안도의 한숨을 내쉬었고.

반면 리스텀지의 기자, 사라의 얼굴에선 웃음기가 사라졌다.

기대하던 이야기를 듣지 못해 무척 아쉬운 모양이다.

"삼십 분이 지난 거 같은데 이쯤에서 끝내도 될까요?"

"아, 네……. 인터뷰에 응해주셔서 감사합니다."

"별말씀을요."

♪

인터뷰를 마치고 집에 돌아가는 길에 히무라가 나를 격려했다.

"잘했어, 도빈아."

"뭐가요?"

"참았잖아. 그런 도발에 일일이 대응할 필요 없어."

"……."

기분이 상한 걸 알고 위로겸 전한 말이겠지만 아직 분한 게 사실이다.

성질 같아서는 당장에 코를 찍어주고 싶지만 그래서는 놀아나는 꼴이 돼버린다.

"그나저나 찰스 브라움도 성급하네. 그런 말을 공식적으로 내뱉다니."

"그러게나 말이에요. 잘생기고 실력도 좋아서 나름 챙겨 듣는 사람이었는데 정말 실망했어요."

히무라와 박선영의 말처럼 이번 일은 찰스 브라움이라는 사람에게도 악영향을 줄 것이다.

그 영향이 크고 작은 것을 떠나 말이다.

언제나 세상물정 모르는 음악가를 이용해 먹으려는 사람이 있는 듯, 그러한 사실에 안타까워졌다.

♪

"제길."

찰스 브라움을 꼬드겨 큰 무대를 준비하려던 루드 테슬라는 위스키를 들이켰다.

가우왕과 경연을 보면 아직 어려서 그런지 도발에 쉽게 넘어가는 듯해서 공을 들여 준비했거늘.

아무래도 샛별 엔터테인먼트에서도 관리에 들어간 것 같아 아쉬움이 남았다.

"어찌된 겁니까?"

"아."

벌써 석 잔이나 비웠을 즈음 루드 테슬라 옆에 금발의 잘생긴 남자가 앉았다.

바이올리니스트 찰스 브라움이었다.

"화를 내기는커녕 덕담을 하더군요."

"그게……."

"잔뜩 기대했는데 아쉽게 되었습니다. 뭐, 거짓말까지 했는데 결과가 이러니 허탈하군요."

찰스 브라움의 말에 루드 테슬라가 취한 와중에도 눈을 크게 떴다. 술이 깨는 듯했다.

"알고…… 계셨습니까."

"배도빈은 저도 주목하고 있었습니다. 그만한 실력을 갖춘 사람이 악기를 몰라볼 리가 없죠. 더욱이 파이어버드를 산 제게 악기 볼 줄 모른다는 말을 했을 리도 없고요."

"그럼 대체 왜……."

"흐음."

찰스 브라움은 바텐더에게 신호를 보내 잔을 받았다. 그것을 관찰하듯 보다 한 모금 마신 뒤에 입을 열었다.

"관심이라고 하겠죠. 지루하다고 해야 하나."

"……."

"다들 너무 단조로워요. 가슴을 뛰게 하는 일이 없어요. 어렸을 때 콩쿠르에 참가할 때, 매번 긴장할 수밖에 없었던 연주회. 지금도 즐겁지 않은 건 아니지만 자극이 부족하다고 해야 하나. ……그건 당신도 같은 생각이잖습니까?"

"……."

"그럴 때 배도빈과 가우왕의 경연은 큰 인상을 남겼습니다. 세상에나. 최근 몇 년 사이에 그렇게 재밌는 일이 또 있었습니까?"

찰스 브라움은 남은 술은 마저 들이켰다.

"그는 특별해요. 정말 한번 겨뤄보고 싶다는 생각이 들게 만들죠. 요즘에는 그를 악마(루시퍼)라고 한다죠? 정말 공감해요. 그의 연주는 정말 악마가 유혹하듯 매일 밤 생각나죠."

"미안합니다."

"미안할 것 없어요. 당신이 저를 이용하려 했듯 저 역시 당신을 이용하려 했을 뿐이니까."

"……"

"다만 하려던 일은 확실히 해야겠죠."

"그게 무슨."

탁-

찰스 브라움이 신문을 그 앞에 두었다. 의아하게 찰스 브라움을 본 테슬라는 이내 신문으로 시선을 옮겼고 의외의 기사를 접했다.

"니아 발그레이가 은퇴를?"

"베를린 필하모닉이 자랑하는 악장이 은퇴를 한 모양입니다. 건강상의 문제라고 하는데 저도 오늘 기사를 접하네요."

"그런데 이걸 왜……."

"이런. 나쁜 쪽으로는 상상력이 풍부하신 분으로 알았는데 그것도 아닌 모양이네요. 배도빈이 베를린 필과 인연이 있다는 건 아실 테죠?"

그걸 모르는 사람은 없다.

베를린 필하모닉의 유구한 역사 속에서도 최연소 단원이자 최연소 협연자 그리고 최연소 지휘를 한 사람이었으니까.

앞으로도 절대 깨지지 않을 일이었기에 그만큼 크게 화제가 되었었다.

"베를린 필로서는 새로운 악장을 뽑아야 할 테고 그들의 전통대로 공개 오디션을 할 테죠. 제가 여기에 참가하면 어떻습니까."

"예?"

이미 솔로 바이올리니스트로서 크게 성공한 남자가 하는 말이라기엔 이해할 수 없는 부분이 많았다.

그러나 곧 루드 테슬라는 찰스 브라움의 뜻을 눈치챌 수 있었다.

"모르긴 몰라도 배도빈도 참가하지 않을까 싶네요. 그렇게 된다면 자연스럽게 이 작은 이슈에 불이 붙어 더 커지지 않겠습니까?"

"……"

테슬라가 고개를 끄덕였다.

"베를린 필로부터 오디션장을 꾸미고 그것을 중계할 수 있는 환경을 만드는 것은 당신이 할 일이겠죠. 어때요. 가능하겠습니까?"

"해야죠."

"좋은 대답이네요."

막상 대답을 하고 조금 불안해 보였기에 찰스 브라움이 물었다.

"뭔가 부족한 거라도 있습니까?"

"……그렇게까지 배도빈과 겨루고 싶은 이유가 궁금해서 그렇습니다."

"말씀드렸잖습니까. 정말 그는 도전해 보고 싶은 사람이라고."

'도전. 도전이라.'

루드 테슬라는 세계에서 가장 사랑받는 바이올리니스트가 이제 만 여덟 살의 아이에게 도전이란 표현을 사용함을 곱씹었다.

"도빈아, 니아 발그레이 씨가 은퇴한대. 건강 문제라는데."

"네?"

건강 문제라니. 그런 말 들어본 적 없다. 소식을 전달해 준 히무라도 조금은 놀란 눈치였다.

문득 잊고 있던 꺼림칙한 이야기가 떠올랐다.

"그런데 대체 왜 하필 29일인 거냐. 이 바쁠 시기에. 하필이면 악장도."

"악장?"

"아니. 아무것도 아니다. 나중에 본인이 말하겠지."

'그런 이야기였나.'

가우왕과의 협연 때 푸르트벵글러가 지나가듯 말한 것이 떠올랐다.

당시에는 경연에 집중하느라 신경 쓰지 못했는데 내가 너무 무심하게 느껴졌다.

그와 함께한 몇 개월은 짧지만 내게 너무나 소중한 추억. 차분한 그는 언제나 악단의 기둥으로서 있었기에 이렇게 무너질 거라곤 생각지 못했다.

"걱정할까 봐 이야기를 전하지 않았나 봐. 최근 연초 연주회를 끝으로 은퇴한다는 이야기가 사무국을 통해 발표되었어. 벌써 이틀 전 이야기네."

"……."

박선영의 말을 들으니 전화라도 해볼까 싶어 핸드폰을 꺼냈다.

그러나 섣불리 핸드폰 버튼을 누를 수 없었는데 그가 지금 어떤 상태인지 알 수 없었기 때문이었다.

그렇게 다시 핸드폰을 넣으려는데 외할아버지에게서 내일 아침에 집으로 오라고 문자 메시지를 보내셨다.

'무슨 일이지.'

그러겠다고 답장을 보내는데.

"어? 베를린 필에서 악장을 공개 오디션으로 뽑는대."

"공개 오디션이요?"

"응. 빠르네. 니아 발그레이 씨의 상태가 많이 안 좋은 모양이야. 악장 없이 연주회를 할 수도 없을 테니 서두르는 것 같아."

집에 돌아오는 길에 생각이 깊어질 수밖에 없었다.

니아 발그레이를 걱정하면서도 베를린 필하모닉의 악장이란 자리에 욕심이 나는 것을 부정할 수 없었다.

베를린 필의 지휘자가 되기 위해서 그만한 준비 단계도 없기 때문이다.

지휘자만큼이나 악단을 상세히 파악하고 지휘자가 목표로 하는 방향으로 단원들을 이끌어야 하는 악장.

지휘자가 오케스트라의 두뇌라면 악장은 심장이다.

지휘자가 부재 시 악장이 대신 지휘를 하는 것만 생각해도 그 자리에 따르는 의무와 책임이 얼마나 큰지 알 수 있다.

내가 비록 몇 개월 베를린 필과 여러 번 호흡을 맞췄다지만 악장으로서 있는 것과는 비교할 수 없을 것이다.

다만 마음에 걸리는 것이 많다.

외할아버지, 채은이 그리고 최지훈과 같이 나를 필요로 하는 사람들과 떨어져 지내야 한다는 점이 그러하고.

나는 자세히 모르지만 독일에서 일하면서 필요한 것들에 대한 이야기(비자라든지).

마지막으로 내가 한국인으로서 일반적인 성장 과정을 거치길 바라시는 부모님의 뜻과 반대되는 일이라는 점이 나를 갈등하게 했다.

이러한 생각을 털어놓으니 어머니와 아버지도 진지하게 받아들여 이야기를 나눌 수 있었다.

"우리 도빈이 정말 많이 컸구나? 여러 가지로 생각할 줄도 알고."

지금까지 단지 어휘력과 표현력이 부족했을 뿐이지만 두 분은 나를 기특하게 바라보셨다.

"도빈이가 음악을 너무나 좋아하는 걸 알고 있어. 엄마도 이제 강요하지 못할 것 같아."

"엄마."

"아빠는 널 믿는다. 그렇게 여러 생각을 고려할 수 있으면 네 선택을 존중할 거야. 단지 지금 할 수 있는 일과 지금이 아니면 안 되는 일에 대해 많이 고민해 봤으면 좋겠다. 충분히 말이야."

"아빠."

생각 외로 지금까지와는 다른 반응이었다.

나를 믿어주시는 것 같아 조금 감동이다.

"실은 아빠도 유럽으로 가야 하는데 도빈이한테 어떻게 말하나 싶었거든. 하하하."

"……."

이제 보니 나 혼자 한국에 둘 수 없으니 같이 유럽으로 가길 바라고 계셨던 모양. 그럼 그렇지 하고 김이 새버리고 말았다.

"그럼 영국으로 가시는 거예요?"

"아. 현장은 독일이니까. 알아봐야겠지만 강의를 매일 나가는 건 아닐 테니 독일에 살 것 같아. 아직 정해진 건 없지만."

뭔가 감동받은 게 억울해지기 시작했다.

그렇게 어머니 아버지와 이야기를 마무리하고 방에 들어온 나는 니아 발그레이의 소식을 듣기 위해 이승희에게 전화를 걸었다.

밤 9시니까 지금쯤 독일은 대충 점심시간이거나 그보다 조금 지났을 것이다.

-도빈아!

"연주회 잘 들었어요."

-어? 아, 영상으로 봤구나? 정말이지 난리도 아니었어. 매년 하는 곡이지만 이번에는 워낙 힘이 들어가서 말이지.

니아 발그레이의 은퇴 무대니 확실히 그럴 만하다.

-왜 전화했어? 누나 보고 싶었구나?

"그건 아니고 악장이 아프다고 들어서요."

-얘는 어쩜 어릴 때보다 눈치가 없니. 그럴 땐 빈말이라도 보고 싶었다고 하는 거야.

이승희가 여전히 시끄러워 조금은 안심했다. 그리 심각한 상황은 아닐 테니까.

"보고 싶어요, 누나."

-나두~ 그러지 말고 잠깐 보자. 나 한국이니까. 콘서트마스터에 대해 궁금한 건 그때 말해줄게.

독일에 있을 거라 생각했는데 의외다. 나도 통화보다는 직접 만나 이야기하는 게 좋다.

"그럼 내일 저녁에 시간 있어요?"

-그럼. 도빈이랑 데이트하는 데 없는 시간도 내야지.

말하는 걸 들어보니 뭔가 바라는 게 있어 보이는데 그게 무엇인지 대충 알 것 같다.

아마 예전 객원 연주자로 들어갔을 때와 비슷한 느낌일 것이다.

"네. 그럼 샛별 엔터테인먼트 사무실에서 봐요."

-그래~

다음 날.

어머니와 함께 외할아버지를 찾아뵈었다. 어느 정도 마음을 굳히고 있어 솔직하게 말하니 세상 무너진 듯한 표정을 지으셨다.

"이 할아버지 살날도 얼마 안 남았단다. 그때까지만 같이 살자꾸나."

비겁한 대응이다. 반대할 거라 생각은 했지만 이렇게 정에 기대어 나오실 줄은 몰랐다.

저 탄탄한 육체를 보면 앞으로 20년은 거뜬하실 것 같은데 말이다.

"그럼 할아버지도 같이 가요."

"뭐?"

"독일에서 사시면 되잖아요."

이렇게 나올 줄은 모르신 듯 끄응 하고 신음한 외할아버지가 고개를 흔들었다.

"정말 네 고집은 누굴 닮았는지 모르겠구나."

"엄마가 할아버지 닮았대요."

어머니가 깔깔 웃으셨다.

"자주 찾아올 테니까 걱정 마세요. 아니면 아버지가 오셔도 되잖아요."

어쩔 수 없다는 듯 할아버지도 납득을 하셨다. 손자의 앞길을 막고 싶지 않으신 모양이다. 어머니와 아버지가 그러하듯 역시 자식 이기는 부모 없는 법이다.

"그럼 베를린 필하모닉의 악장으로 간다는 말이냐."

"오디션을 통과하면요."

"흐음."

잠시 무엇인가를 생각하시던 할아버지가 내가 몰랐던 이야기를 꺼내셨다.

"진희야, 그럼 샛별 엔터테인먼트와의 계약은 어찌 되는 게냐. 베를린 필 소속이 되면 문제가 생기지 않겠냐."

"아. 그러게요. ……이야기를 해봐야 할 것 같아요."

"무슨 문제예요?"

어머니께 물었다.

"도빈이가 지금 하는 일들이 히무라 아저씨를 통해 들어오고 있지?"

고개를 끄덕이자 어머니께서 설명을 시작하셨다.

"히무라 아저씨는 도빈이에게 도움이 되는 일을 마련해 주고 연주회나 방송, 음반 같은 일을 할 때 생기는 수익을 가지는 거야."

"네. 알고 있어요."

"하지만 도빈이가 베를린 필에 들어가게 되면 일정을 카밀라 아줌마가 해주게 될 거야. 그럼 히무라 아저씨와 카밀라 아줌마의 일이 겹치게 되는 거지."

"둘 다 하면 안 되는 거예요?"

"일정이 겹치게 되면?"

조절하면 되지 않겠나 생각했는데 그게 아닌 모양이다.

"이중 계약이 되어버리는 거야. 그러니 우선 히무라 아저씨랑 만나서 한번 이야기해 보도록 하자."

어머니 아버지 그리고 외할아버지가 가장 큰 고비라 생각했는데 생각지도 못한 일이었다.

♪

"역시나."

어머니와 내게 설명을 들은 히무라는 짧게 숨을 내쉰 뒤 입을 열었다.

"어제 도빈이 기색을 보고 오디션을 보고 싶어하진 않을까 생각은 했습니다. 베를린 필과 인연도 있고 무엇보다 도빈이가 너무 좋아했으니까요."

"네."

어머니께서는 차분히 히무라의 말을 들어주었다.

"솔직히 말씀드리면 조금 난감하긴 합니다. 도빈이가 있는 자리에서 말하고 싶진 않지만 샛별 엔터테인먼트 도빈이만을 제대로 케어하자고 설립한 회사니까요."

굳이 히무라가 저렇게 미안해하면서 말하지 않아도 그 사실은 나와 어머니도 잘 알고 있다.

내가 자리를 잡기 전까지 그는 다른 음악가를 관리하지 않는다고 못을 박았다.

유능한 프로듀서였던 그는 매니지먼트 사업을 한 이후에도 여러 사람에게서 러브콜을 받아 왔다.

그런 것을 모두 뿌리치고 나만을 보고 있었던 것이다.

"도빈이를 우선해 생각하면 외부 활동을 모두 포기하고 베를린 필에서의 활동을 하되 앨범은 샛별 엔터테인먼트에서 내는…… 방법이 있겠네요. 하지만."

"……그걸로는 회사 유지가 어려울 수 있겠네요."

"네."

히무라가 입을 굳게 닫았다.

고민이 많이 되는 모양이다.

"물어보고 싶은 게 있어요."

"아, 그래."

"악단에 들어가면 개인 활동은 전혀 못 하게 되는 거예요?"

"아마 그럴 거야. 다른 인원도 그렇지만 특히 악장 같은 경우에는 그럴 수밖에 없지. 악단 내부에 일어나는 일을 컨트롤하는 것만으로도 시간이 적지 않게 들 거야. 특히나 베를린 필처럼 정기 연주회만 3일에 한 번씩 하는 곳이라면 말이야."

"……."

내 생각보다 현대의 오케스트라는 좀 더 체계적이고 한편으로는 경직되어 있는 듯하다.

예전에는 단원들이 각자 자기 직업이 있고 모였다면 현재는 그것이 직업인 듯한 모양.

나 역시 고민할 수밖에 없었다.

세계 최고의 오케스트라와 다시 함께할 수 있는 기회를 잡을지.

아니면 지금처럼 자유롭게 하고 싶은 일을 하면서 지낼지에 대해 저울질을 하게 되었다.

"악장이 되면 중간에 다시 한국에 돌아오고 해야 해요?"

"엄마는 지금도 도빈이가 평범한 생활을 하면서 음악을 하면 좋아. 하지만 독일로 가는 걸 반대하지 않은 건 도빈이가 이제 자기 생각을 엄마한테 잘 말할 수 있어서 그런 거야. 도빈이가 정말 독일에서 음악을 하고 싶으면 국적이 어떻든 무슨 상관이겠니. 내 아들인 건 변함없는데."

"……."

나는 예나 지금이나 배움이 짧아 현대의 법에 대해서는 아무것도 모른다.

그러나 한국인이길 포기하는 일만은 나 역시 그리 반갑지 않다.

다시 태어나고 8년.

너무나 소중한 것이 많이 생겼다.

그 유대를 스스로 버릴 수는 없는 법이다.

또 아직도 경험해 보지 못한 음악이 많은 지금 당장은 좀 더 눈을 넓히고 싶기도 하고 말이다.

"히무라."

"응."

"나랑 약속 하나 해줘요."

"무슨?"

"나중에 제가 베를린 필하모닉의 지휘자가 되려 하면 그때 최선을 다해 도와주겠다고."

"그건."

"그 전까지는 지금처럼 다양한 경험을 하면서 지내고 싶어요. 베를린 필의 악장 자리도 욕심이 나지만…… 벌써 한 자리에 안주해 버리면 경험해 보지 못한 것들을 아쉬워하게 될 것 같아요. 그러니 당분간은 보류. 하지만 나중에 오케스트라에 들어가고 싶을 때는 부탁할게요."

"……그래! 약속하마."

약속을 할 때는 이렇게 하는 거라고 최지훈에게 배웠다.

히무라에게 새끼손가락을 내밀자 그 역시 손을 뻗어 마주 걸었다.

어머니를 보면서 말했다.

"전 한국에 있을래요, 엄마. 할아버지랑 같이 살면 되죠?"

"그게 무슨 말이야. 엄마가 같이 있어줘야지."

"아빠도 새 시작을 할 거잖아요. 저번엔 저랑 있어주셨으니 이번에는 아빠랑 있어주세요."

"도빈아."

어머니께서 안타깝다는 듯 나를 안으셨다.

두 분도 자기 삶을 찾길 바라기에 어머니께서도 본래 미술을 하던 독일에서 제대로 무엇인가를 하시면 좋겠다고 생각했다.

'두 분이 독일로 가시면 나도 조금은 편해지니까.'

일단 커피와 와인을 마실 수 있다는 생각에 사랑하는 부모님과 헤어지는 게 마냥 슬프지만은 않았다.

예상대로 내가 악장 오디션을 보길 기대했던 이승희는 잔뜩 실망하고 말았다.

"다들 널 그리워하고 있어."

"저도 그리워요."

그러나 이런저런 이야기를 들은 끝에 이승희도 납득했다.

"그래. 다른 이유도 아니고 좀 더 넓은 세계를 경험하고 싶다는데 어쩌겠니. 악장은 연륜도 좀 있고 식견도 있어야 해. 지금보다는 좀 더 경험을 쌓은 뒤도 괜찮을 거야."

"꼬맹이 말을 들어야 하면 기분이 나쁠 수도 있으니까요."

"한스 말고는 그럴 사람 없을걸? 다들 네 실력을 아는데."

"한스? 정식 단원이 되었어요?"

"응. 얼마 전에. 정말 자기 잘난 맛에 사는데 귀찮아 죽겠어. 실력은 많이 늘었지만."

예전 이승희에게 집적대던 경박한 남자가 떠올랐다.

"너한테 지고 엄청 분했었나 봐. 킥킥."

"좋은 일이네요."

베를린 필의 정식 단원이 될 정도로 열심히 했다니, 정말 좋은 일이다.

"셰프가 많이 서운하겠다. 내심 널 생각하시는 것 같던데."

"어쩔 수 없어요. 참, 니아 발그레이는 좀 어때요?"

"……실은 귀가 좀 안 좋아졌어."

이승희의 말을 들은 순간 가슴이 무너지는 듯했다.

"소리를 못 듣는 거예요?"

"아니. 아직 그런 상태는 아닌데 점점 자기가 놓치는 게 생기니까 자존심이 허락하지 않은 거지. 프로로서는 은퇴를 한다고 해서 다들 어쩔 수 없이 받아들였어."

"……"

소리를 들을 수 없는 음악가.

과연 니아 발그레이가 40대라는 젊은 나이에 은퇴를 결심한 것도 이해할 수 있었다.

주변에는 그렇게 말했지만 본인은 매일 밤 매일 낮 내면의 고통과 싸워왔을 것이다.

하늘은 왜 항상 이러한 시련을 내리는가.

원망스러울 뿐이다.

"그래도 아주 심각한 건 아니래. 치료를 받으면서 기구를 쓰면 일상에는 지장이 없다고 하니까. 아이들을 가르치며 부인이랑 전원생활을 한다고 하는데, 괜찮아 보이더라."

"……."

"힘들었을 텐데 그렇게 애써 웃으니까 나도 웃을 수밖에 없더라고. 도빈이는 이런 마음 이해할 수 있나?"

물론이다.

그 애수를 어찌 헤아릴 수 없을까.

"배도빈이 나오지 않는다고요?"

"네."

"흐음."

바라던 일과 다른 방향이었기에 찰스 브라움은 아쉬운 듯 입맛을 다셨다.

"뭐, 어쩔 수 없지요. 수고하셨습니다."

"그럼……?"

"배도빈이 나오지 않는데 제가 굳이 오디션을 보러 갈 필요가 있습니까? 그럼."

"자, 잠깐."

테슬라는 찰스 브라움의 등에 대고 말했다.

확실히 지금 당장은 나쁘지 않았다. 루드 테슬라는 베를린 필하모닉과 연계해 공개 오디션을 크게 확장했고 그것의 기획할 수 있었다.

상임 지휘자 빌헬름 푸르트벵글러의 반대가 있었지만 베를린 필하모닉도 상업적 요소를 무시할 수 없었기에 그리 어려운 일은 아니었다.

단지.

배도빈과 가우왕의 피아노 경연처럼 거장과 거장의 대결을 바랐던 두 사람의 목표가 시들해진 것이다.

'이번에는 실패했지만.'

테슬라는 확인하고 싶은 게 있었다.

"뭡니까?"

"배도빈과 그렇게까지 우열을 가리고 싶으신 이유에 대해 말해줄 수 있습니까?"

"이유라."

찰스 브라움은 깊게 고민하지 않고 답했다.

"그의 파이어버드를 이길 수 있을지 궁금해져서 말이죠."

그렇게 말을 남기고 돌아가는 바이올리니스트를 보며 테슬라는 확신했다.

저렇게 음악가들에게 도전 의식을 불러일으킨다면 언젠가 배도빈의 의지와 상관없이 자신이 바라던 구도가 이루어질 것을 말이다.

한편 루드 테슬라와 헤어지고 건물을 나선 찰스 브라움은 지난 한 달간 혹사시킨 자신의 손을 굳게 쥐었다.

경매회장에서 들었던 배도빈의 바흐 무반주 바이올린 소나타 2번 A단조.

그렇게 연습을 해본 적이 대체 얼마만인지 기억조차 나지 않았다. 그러나 최근 한 달은 자신이 들었던 최고의 연주를 뛰어넘기 위해 무엇인가에 홀린 듯 바이올린을 켰다.

'언젠가는 확인해 볼 날이 오겠지.'

그 날이 오기까지 찰스 브라움은 더욱 자신을 연마하기로 다짐했다.

개학을 한 달 남겼을 때.

더 이상 두 번째 앨범의 녹음을 미룰 수 없었던 나는 지푸라기라도 잡는 심정으로 채은이에게 첫 번째 곡을 연습시켰다.

곧잘 연주는 하지만, 이래서는 배도빈 두 사람이 연주하는 것과 다를 게 없다.

"이 곡 들으면 어떤 기분이야?"

"따뜻해!"

"그럼 이 부분은?"

"응?"

곡의 전반적인 분위기는 잡아내지만 세부적으로 들어서면 무슨 말을 하는지 모르겠다는 듯 고개를 갸웃한다.

역시나 곡을 해석하고 그것을 연주에 녹이려면 아직 먼 것 같다.

"내가 도와줄까?"

"넌 아직 안 돼."

"흐엉."

최지훈이 지원했지만 실력 미달.

채은이보다는 낫지만 하나의 곡을 미스 없이 연주하는 데 너무 긴 시간이 필요하다. 감정적 표현이 부족한 것도 사실이다.

"그냥 네가 두 번 연주해서 합치면 안 되는 거야?"

"그래선 공명이 없잖아."

"아."

피아노 두 대를 위한 협주곡은 각각 파트가 나뉘어 있지만 겹치는 부분도 있다.

첫 번째 앨범을 작업할 때도 느꼈지만 현대의 기술이 아무리 놀라워도 따로 녹음된 두 소리의 공명까지 합칠 수는 없었다.

그 미묘하게 풍성해지거나 변화하는 느낌을 주려면 역시 같이 연주를 해야 하는데.

사카모토와 블레하츠는 너무 바쁘다.

그렇게 고민하는데 최지훈이 새로운 발상을 떠올렸다.

"선생님은 어때?"

"누구?"

"홍승일 선생님! 피아노 엄청 잘 치시잖아."

"……."

"그렇게까지 싫은 표정을 지을 것까진 없잖아."

그의 실력은 나도 인정하고 사카모토나 블레하츠에 비해 못난 사람도 아니지만 꺼림칙함이 남아 있다.

교감을 해야 하는 상대 연주자가 홍승일이라니 조금 싫다.

"싫은데."

"그러지 말고 금요일에 한 번 여쭤봐. 이번 주에는 금요일에 모이잖아."

"……."

달리 도리가 없어 어쩔 수 없이 이야기나 한번 해볼까 생각했다.

그러나 역시나 처음부터 삐걱였다.

"암. 제자가 도와달라는데 가만있을 수 있나."

"도와달라고 한 적 없어요."

"시간 있냐고 물어봤잖느냐."

"그냥 궁금했을 뿐이에요."

"연주자를 못 찾았다면서."

"다른 일이에요."

"웃기지 마라. 누가 봐도 나한테 부탁하려고 온 거 아니냐."

"그러니까 부탁한 적 없다고요."

쓸데없이 옥신각신 시간을 낭비했는데 홍승일이 내게 제안을 했다.

"좋다. 그럼 너도 자존심이 있을 테니 내 부탁을 들어주는 것으로 거래를 하자."

"거래?"

"그래. 거래."

일방적으로 부탁을 하는 것보다는 훨씬 낫다는 생각에 물었다.

"뭔데요?"

"올해 열리는 콩쿠르에 출전할 것."

"싫어요."

고집탱이. 한동안 잠잠하더니 아직도 포기 못 한 것 같다.

"끝까지 들어!"

'화를 낼 사람이 누군데.'

버럭 화를 낸 홍승일이 계속해 말을 이었다.

"지훈이도 나가는 대회다. 원래도 열심히 하는 애지만 유독 칼을 갈고 있어 물었더니 뭐라 답한 줄 아느냐?"

'천재니까?'

"너한테 이기고 싶어서 그런다고 하더구나."

'천재니까'라는 대답보다는 나아서 조금 안심했지만 내 친구의 꿈이 그렇게 클 줄은 몰랐다.

"친구로서 너도 호응해 주고 싶지 않으냐?"

"좀 더 크면 할게요. 지금은 괴롭히는 것뿐이라고요."

말문이 막히자 홍승일이 꿍시렁 대다가 괜찮은 말을 꺼냈다.

"그럼 난 못 해주겠으니 다른 데 가서 알아봐라. 가우왕인지 뭔지한테 다시 이야기해 보든가."

"네?"

"그래. 그건 싫지? 내 말을 들으면 예건이를 소개해 줄 수도 있다."

"좋은 생각이네요."

"잠깐. 어딜 가! 배도빈!"

♪

"가우왕과 녹음을 하고 싶다고?"

"네."

"어……."

히무라가 대단히 난감하다는 듯 대답을 못 하고 있다.

"마음에 안 드는 것 때문에 거절하고 경연까지 했잖니?"

"네. 그때 들으니 많이 좋아졌더라고요. 지적했던 단점도 극복했고."

"그때 다시 안 본다고 했던 거 기억하니?"

"그렇지만 제가 그래도 히무라라면 잘 말했을 거잖아요."

"……."

"그리고 경연 뒤에 악수도 했어요. 원래 애들은 싸우면서 크는 거잖아요. 한 번 싸웠으니 친구예요."

"원피스 같은 말을……."

내 말에 고개를 흔든 히무라가 한숨을 푹 내쉬었다.

"알겠어. 연락해 볼게. 대신 예전과는 상황이 조금 달라질 수 있어. 내 말에 따라야 해. 알겠지?"

"알겠어요."

박선영이 가져다준 오렌지 주스를 비운 뒤 적당히 시간을 보내다가 히무라에게 물었다.

"뭐래요?"

"어?"

"연락해 본다고 했잖아요."

"메일을 보내놨어. 아직 답장이 안 왔어."

"전화는요?"

"사업 이야기니까 메일로 하는 게 서로에게 좋지. 통화도 하고 만나기도 해봐야겠지만 우선은 독일 아리아도 가우왕과 대화를 나눠봐야 할 테니까."

"으음."

그렇게까지 기다릴 수 없다.

이미 곡을 완성하고 몇 달이나 녹음을 못 하고 있어 잔뜩 달아오른 상태다.

그러나 히무라가 자기 말에 따라야 한다고 하기에 기다리던 차.

3일 뒤에 독일 아리아로부터 답변이 도착했다.

"뭐래요?"

히무라에게 물어보며 모니터를 보려 하자 히무라가 슬그머니 자리를 비켜주었다.

제목: 사업 제안서에 대한 답신

내용: 안녕하십니까, 히무라 쇼우 대표님. 독일 아리아의 기획2팀장 제프 마이어입니다.

샛별 엔터테인먼트가 보내주신 사업 계획서에 대해 검토하였습니다.

(중략)

이에 가우왕은 배도빈과 함께 만나기를 바라고 있으며 이에 대한 미팅 일자를 잡고자 합니다.

이런저런 말이 있지만 결국엔 가우왕이 나를 직접 보고 이야기를 하고 싶다는 내용이다.

"만날래요."

"빈정거릴 수도 있어. 상황이 조금 우스워진 거 알고 있지?"

"괜찮아요. 그 사람, 저한테 푹 빠져 있으니까요."

"무슨."

황당해하는 히무라와 박선영을 보고 씩 하고 웃어주었다.

24악장
9살, 첫 콩쿠르

리사이틀을 마친 가우왕이 머무는 베이징 호텔로 향했다.
그의 방으로 향하자 샤워 가운을 두른 그가 문을 열었다.

"들어와."

인기 있는 피아니스트라더니 확실히 돈은 잘 버는 듯하다.
근사한 방이다.

"하하. 한 달 만이네요, 가우왕 씨. 오늘은."

히무라가 상황 설명을 하려는데 가우왕이 고개를 저었다.
그리고 입을 열었다.

"배도빈에게 직접 듣고 싶습니다."

"······네. 도빈아, 가우왕 씨가 네게 직접 듣고 싶다고 하는데."

중국어나 영어는 할 줄 모르니 그냥 내가 말하는 것에 의의를 두는 모양이다.

"앨범 연주자를 구하고 있어요. 가우왕이 함께해 줬으면 좋겠어요."

시선을 마주하고 입을 열자 그것을 히무라가 통역해 주었다.

가우왕은 얼굴을 잔뜩 찌푸린 채 내게서 시선을 돌리지 않고 물었다.

"왜지?"

여러 의미가 담겨 있겠지만 솔직하게 답했다.

"잘 연주해 줄 것 같으니까요."

"우습군. 이긴 것도 모자라 이제 날 놀리는 건가? 세 달 전만 해도 내가 마음에 안 드는 게 아니었나?"

결과를 깔끔히 받아들인 것 같더니 실은 단단히 삐진 모양이다.

"맞아요. 그땐 형편없었어요."

"……."

"왜요?"

히무라를 보자 내 말을 제대로 전달해야 하나 걱정하는 듯했다.

고개를 끄덕이니 히무라가 입을 열었고.

"하하하하하!"

가우왕이 웃기 시작했다.

"빌어먹을. 정말 그렇게 생각하고 있었단 말이지."

혼자서 뭐라 중얼거렸는데 히무라는 그 말은 내게 전해주지 않았다.

"그래. 나도 너와의 경연으로 이것저것 배웠으니까. 당시 내 연주가 무엇인가 빠져 있었다는 것은 인정한다. 하지만 내가 그 작업에 동참해야 하는 이유는 아닌 것 같군."

"거짓말."

"뭐?"

"같이 작업하고 싶잖아요."

"내가? 왜? 굳이 그런 이유라도 있나?"

"내 곡이니까."

"……."

"직접 연주해 봐서 알잖아요. 이 곡의 연주자로 함께하는 거예요. 당신은 충분히 그럴 자격이 있어요."

히무라로부터 내 말을 들은 가우왕은 아침부터 위스키를 벌컥 들이켰다. 담배를 꺼내려다 나를 보곤 인상을 썼다.

"대체 내 자존심을 어디까지 밟으려는 거냐. 부탁하는 주제에……."

말하는 모습이 심상치 않아 굳이 통역해 주지 않는 히무라를 다그쳤더니 그런 말을 했던 것이었다.

'자존심이라.'

가우왕은 아직 자기가 지켜야 할 자존심이 무엇인지, 버려야 할 아집이 무엇인지 잘 구분할 수 없는 모양이다.

의자에서 일어나 그에게 고개를 숙였다.

"저와 함께해 주세요."

"도빈아?"

히무라의 말을 무시한 채 고개를 숙이고 있자 가우왕이 뭐라 하기 시작했다.

"이게…… 무슨 짓이야?"

고개를 들었다.

"체면을 세워드리는 걸로 함께해 줄 수 있다면 몇 번이고 숙일 수 있어요."

"……"

히무라는 망설이다 이내 포기했는지 내 말을 전달했다.

가우왕은 히무라를 통해 내 말을 들으며 나를 노려보았다. 시선을 받아들이며 그의 검은 눈을 바라보는데 그가 결국 한숨을 내쉬었다.

그러고는 히무라를 보며 물었다.

"히무라 쇼우 씨, 배도빈 원래 이런 아이입니까?"

"이런 아이라 하시면?"

"이렇게나…… 사람을 부끄럽게 만들 줄은 몰랐습니다."

둘이 뭐라 하는지는 모르겠는데 히무라가 싱긋 웃었다.

"저도 상대하기 가끔 벅차다는 생각을 합니다. 이 자리에서 꺼낸 말도 사실 전달하기 난감하고요."

"맞아요. 상당히 거슬리는 말이었습니다."

히무라는 가우왕의 말을 기다리는 듯했다. 이윽고 그 기다림 끝에 피아니스트가 다시금 입을 열었다.

"그런데 그런 자존심 따위 아무 쓸모없는 거라 말하듯 자기가 먼저 고개를 숙여 버리네요. 그 행동이 참…… 저를 부끄럽게 합니다. 그에게 물어봐 주세요. 녹음은 언제부터냐고."

"그럼!"

"네. 함께하겠습니다."

가우왕이 독일어를 할 줄 알았다는 걸 너무 늦게 알았다. 그간 서로 직접 대화를 나누지 못했는데 그 사실을 알고 나서부터는 의사소통이 꽤나 편해졌다.

"이 망할 꼬맹이가!"

"집중해요!"

"이 상황에서 뭘 집중하라는 거야! 어제는 배 위에서 연주를 시키더니, 이번에는 태풍? 생각이 있는 거야, 없는 거야!"

"그렇게 불평할 시간에 연주나 신경 써요! 분명 좋은 연주가 될 테니까!"

"연주고 나발이고 죽을 수도 있다고! 이거 녹음이나 제대로 되는 거 맞아?"

"안 죽어요! 저번에도 해봤단 말이에요!"

"그거 세트장에서 한 거라며!"

"자꾸 어린애처럼 투정부릴 거예요? 빨리 나가서 연주하고 끝내자고요!"

"이이익! 매니저! 히무라 대표! 이런 이야기는 없었잖아!"

"계약서에 적혀 있었어요. 각 곡의 테마를 살리기 위해 적절한 환경에서 녹음을 진행한다고."

"이 빌어먹을 꼬맹이가! 웃기지 마! 고소할 거야! 고소할 거라고!"

2013년 12월 클래식 음악계를 넘어 세계를 흥분케 했던 대결을 펼친 두 사람의 공동 작업은 자연스럽게 화제가 되었다.

경연 전까지만 해도 철천지원수로 보였던 두 사람이 선의의 경쟁 이후 서로를 인정해 피아노 연탄곡을 연주했다는 점에서 더욱 화제가 되었다.

[배도빈, 가우왕 선상에서 연주하다.]

[태풍 속에서 연주한 'Bae Dobean: 배도빈 두 대의 피아노를 위한 모음곡' 中 '태풍'에 대하여.]

[가우왕, "나를 죽이려 한 게 틀림없다. 그런 식의 녹음 따위 들어본 적 없다."]

[배도빈, "가우왕과의 녹음 작업은 즐거웠다. 다음에도 함께했으면 좋겠다."]

ㄴㅋㅋㅋㅋㅋㅋㅋㅋ

ㄴ재들 뭐 함?ㅋㅋㅋㅋㅋㅋ

ㄴ개웃기네 진짴ㅋㅋ 가우왕 불쌍해ㅠㅠㅠ

ㄴ이게 뭔 말임?

ㄴ진짜 악마 같은 놈일셐ㅋㅋ 가우왕 인터뷰 사진 봘ㅋㅋㅋ 진짜 혼이 빠진 것 같음ㅋㅋㅋ

ㄴ이번에 배도빈 연탄곡이 자연에 관련된 곡들인데 '더 퍼스트 오브 미'가 태풍 세트장에서 연주했다고 함. 거기서 영감을 받아 자연 소리와 맞춰 연주했다고 함.

ㄴ??

ㄴ맞춰서 연주를 했다고?

ㄴ그게 가능한 일임?

ㄴ그러니까 대단한 거임. 그때그때 상황에 맞춰 변주해서 연주를 했

다는 거니까. 그래서 상대 연주자의 연주 실력도 중요했던 것 같음.

　┗님 뭐 하는 분이세요? 왜 그렇게 잘 알고 계심?

　┗아, 나 저 아이디 본 적 있음. 저번에 그래미 시상식 때 개인방송 켰던 배도빈 매니저 같은데.

　┗ㄴㄴ 그런 사람 아님.

　┗배도빈 행복해하는 표정 봐랔ㅋㅋㅋ 진짜 세상 다 가진 것처럼 좋아하넼ㅋㅋ

　┗곡이 좋긴 함ㅋㅋㅋ 새소리 들리는 '숲' 들어봐라. 진짜 뭔가 다른 느낌임ㅋㅋ

디지털 음반과 함께 전 세계 동시 발매된 배도빈의 두 번째 앨범은 출시 당일에만 무려 37만 장이라는 경이로운 기록을 세웠다.

클래식 음반 중 가장 성공했다는 평이 과언이 아닐 정도로 대중의 반응은 뜨거웠다.

곡 자체의 훌륭함에 제작 과정 중의 이슈가 더해지면서 화제성 역시 갖춘 덕이었다.

"이런 식으로 홍보가 될 줄은 몰랐는데."

"그러게요. 가우왕이 열 받아서 한 인터뷰가 더 도움이 되었던 것 같아요."

"……그럴 만했지."

"도빈이가 이런 것도 생각했을까요?"

"큭큭큭. 그럴 리가."

배도빈의 앨범을 전 세계 동시 출시하기 위해 눈코 뜰 새 없이 일했던 히무라와 박선영은 사무실에서 둘만의 축연을 벌이고 있었다.

정말 정신이 없었지만 배도빈의 음반이 기록적인 성적을 내니 지친 몸에 보람이 가득했다.

사무실에는 배도빈, 가우왕이 연주한 연탄곡이 가득했고, 두 사람 사이에 놓인 와인은 벌써 반이나 비어 있었다.

"가우왕은 어때요?"

"뭐가?"

"고소한다고 했잖아요."

"아아. 녹음된 거 듣더니 별말 않더라고. 억울하긴 했어도 앨범 자체는 만족한 모양이야."

두 사람은 빙긋 웃은 뒤 잔을 부딪쳤다.

배도빈의 두 번째 앨범이 발매되는 날, 최지훈은 집사의 만류에도 굳이 직접 CD를 사기 위해 외출했다.

집으로 돌아오는 길에도, 돌아오고 저녁때가 되어서도 방에서 나오지 않고 그것을 감상했다.

격정적인 음 배치와 즉흥 변주했다고는 믿을 수 없을 정도
의 완벽함.

배도빈의 두 번째 앨범은 원곡과 자연에서 연주해 녹음한
변주곡 두 장이 들어 있었는데, 양쪽 모두 너무나 훌륭했다.

그 음률이 주는 긴장감과 감정의 흔들림에 취해 시간 가는
줄 몰랐다.

모두 듣고 아쉬움에 밖으로 나왔을 때는 밤 아홉 시.

마침 최우철이 귀가했다.

"다녀오셨어요."

"……그래."

반가운 마음에 오늘 친구 배도빈이 낸 앨범에 대해 말하려
던 최지훈은 순간 말을 삼켰다.

아버지가 친구와 자신을 비교하고 있다는 것을 알았기 때문
이고 최우철의 심기가 그리 좋아 보이지 않았기 때문이었다.

아니나 다를까.

최우철이 최지훈을 불렀다.

소파에 앉아 안경을 벗은 그의 눈매는 몹시 신경질적이었다.

"배도빈이 앨범을 냈다더구나."

"네."

"벌써 기록을 세웠다고 하더라. 가장 빨리 판매된 앨범이라고"

'역시.'

친구의 성공에 기뻐했으나 최지훈은 그 기쁨을 내색하지 않았다.

"넌 대체 뭐 하고 있는 것이냐."

"열심히 할게요. 걱정 마세요."

대신 아버지의 반복된 질타를 그저 받아들이고 열심히 하겠다며 아버지를 안심시키려 했다.

"내가 말하지 않았느냐. 열심히 하는 걸로는 안 된다고! 음악의 회당 아카데미에서는 대체 뭘 배우고 있어?"

"요즘에는 쇼팽의 연습곡을 연습하고 있어요."

"그놈의 쇼팽은 대체 언제까지 붙들고 있을 생각이야!"

"⋯⋯."

음악에 대해 무지한 최우철은 1년간 쇼팽의 에튀드를 연습하고 있는 아들이 한심하게만 느껴졌다.

쇼팽의 에튀드의 예술성과 난이도는 상정하지 않고 규격 외의 '대상'에 비추어 최지훈의 성장이 너무나 더딘 것처럼 느낀 것이었다.

'지훈이는 정말 천재예요.'

'아드님이 이렇게나 피아노를 잘 치시다니 정말 대단해요.'

그런 말들이 이제는 전부 최우철 본인을 위해 아부하는 것으로만 들릴 뿐이었다.

"넌 나와 다르다. 나는 살기 위해 너로서는 상상도 못 할 일을 해왔다. 그런데 너는 네가 좋아하는 피아노를 하지 않느냐. 내가 너에게 언제 경영을 배우라고 했더냐?"

"……."

"좋아하는 일에 좋은 환경을 주는데 너는 대체 왜 이 아빠를 자꾸 실망시키는 거야! 어!"

벌써 몇 년째.

최우철의 비난은 갈수록 심해지기만 했다.

"사, 사장님. 도련님도 충분히."

"집사님은 가만 계세요! 귀하다고 싸고도니까 얘가 발전이 없는 겁니다!"

그러나 이제 최지훈에게도 한계가 왔다. 여태 아버지의 비난을 듣기만 했던 아이가 입을 열었다.

"6월에 학생 콩쿠르가 있어요. 초등학생서부터 고등학생까지 구분 없이 나갈 수 있는."

아들이 처음으로 자기 생각을 이야기하기에 최우철은 그 말을 잠자코 들어주었다.

"거기서 우승할게요. 반드시."

"……네가 한 약속은 지키길 바란다."

유약한 아들이 처음으로 본인이 무엇인가를 해내겠다고 하자, 최우철도 조금은 누그러졌다.

♪

사카모토 료이치, 빌헬름 푸르트벵글러로부터 두 번째 앨범이 성공한 데에 축하를 받았다.

그 외에도 여러 사람이 전화나 메시지 등을 통해 안부를 물어주었는데 그중에서도 나를 가장 기쁘게 한 것은 팬들의 편지였다.

좁은 샛별 엔터테인먼트 사무실 한쪽을 가득 채운 팬레터를 읽으며 답장을 쓰고 있는데 박선영이 다가왔다.

"정말 그거 전부 답장할 거야?"

"그럼요?"

"굳이 전부 답장해 주지 않아도 돼. SNS에 사진 찍어 올려도 되고. 아니면 개인 방송 틀어서 한 번에 인사해도 괜찮고."

"편지를 받았으면 답장을 해줘야죠."

팬 덕분에 좋은 집에서 맛있는 음식을 탐미하며 지낼 수 있으니 이 정도는 당연한 일이다.

'편지는 좋지.'

예전에도 편지를 즐겨 썼다.

답장을 보내는 일이 고되긴 해도 그들의 손 글씨에서 전해지는 정성을 생각하면 당연한 일이다.

그렇게 답장을 보내기 위해 하루 종일 펜을 쥐었다.

다음 날.

개학 전 마지막 부 활동을 하기 위해 학교로 갔는데 홍승일이 다짜고짜 콩쿠르에 나가자는 말을 꺼냈다.

"이제 포기할 때도 되지 않았어요?"

"포기라니! 자, 봐라. 초등부만 나오는 게 아니라 고등학생까지 나오잖느냐. 게다가 우승자에게는 내년 세계 청소년 쇼팽 콩쿠르에 나갈 수 있는 추천서가 주어진다. 나이 제한이 사라진 지금이 기회야! 꼭 나가야 해!"

"그러니까 싫다구요."

그렇게 옥신각신하고 있는데 최지훈이 부실로 들어왔다.

"오, 지훈이냐."

홍승일의 관심이 잠시 다른 곳으로 향해 최지훈이 온 것이 더욱 반가웠다.

"네, 선생님. 인사드리러 왔어요."

"음. 그래, 전학 가서도 열심히 하고. 음악의 전당 아카데미도 다니고 있다면서?"

"네."

"즐겁게 하거라. 너라면 분명 크게 될 거야."

평소라면 밝게 대답했을 텐데, 최지훈이 굳게 고개를 끄덕였다. 또 무슨 일이 있나 싶다.

"도빈아."

"왜?"

"나 6월에 콩쿠르 나가. 우승하면 세계 청소년 쇼팽 콩쿠르에 나갈 수 있대."

"오오. 그래. 잘 생각했다. 봐라. 지훈이도 나간다고 하지 않느냐."

기껏 홍승일의 관심사가 다른 곳으로 갔는데 다시 콩쿠르 이야기다. 홍승일이 신이 나서 다시 나를 부추긴다.

'무슨 일이 있었네.'

예상대로 아버지와 무슨 일이 있었던 모양. 눈빛에 독기가 잔뜩 올라 있다.

각오를 다진 듯한 친구의 모습에 응원해 줄 수밖에 없었다.

"그래. 꼭 우승해."

나이 제한이 없다고 하니 지금의 최지훈에게는 어려울 것이다.

또래 중에서는 가장 잘 친다고 하지만 우리나라에도 천재가 없는 것은 아니니 말이다.

"난 너도 참가했으면 좋겠어."

"어?"

잘못 들었나 싶어 되물었지만 최지훈의 말은 변하지 않았다.

"저번에 이야기했잖아. 콩쿠르만큼 공평한 무대는 없다고.

나, 너랑 정정당당히 대결하고 싶어."

"……."

진심인가.

실력 차이가 너무 크다는 것은 최지훈도 잘 알고 있다. 나랑 그렇게 오래 피아노를 함께 쳤으니 당연한 일이다.

그럼에도 저렇게 나오는 걸 보면 솔직하고 정직한 녀석이 결심할 수밖에 없었던 이유가 있었을 터.

자연스레 최지훈의 아버지를 떠올릴 수밖에 없었다.

"잠깐 와봐."

개인적인 일이기에 홍승일에게서 떨어졌다.

"무슨 일 있었어?"

최지훈이 고개를 저었다.

"거짓말."

"……맞아. 거짓말이야."

"그럼."

"그래도!"

최지훈이 나와 눈을 마주했다.

"그거랑은 상관없어. 나, 네게 이기고 싶어."

"그럼 20년 정도 더 연습하고 와. 그때는 같이 연주하자."

"우습게 보지 마!"

이른 사춘기라도 온 것인가.

최지훈이 평소와 달리 소리를 쳤다. 그 모습이 안쓰러워 보였는데, 녀석의 말을 들어줄 생각에 자리를 잡고 앉았다.

그러자 씩씩대던 녀석도 옆에 풀썩 앉아 자기 생각을 털어놓기 시작했다.

"가우왕은 내가 가장 존경하는 피아니스트였어. 내 목표였어."

'그랬지.'

"그런데 어느 날 네가 그를 이겨 버렸어. 그날은…… 잊지 못할 거야."

"……"

"네가 가우왕을 이긴 날, 나는 너무 기뻤어. 내 친구가 그렇게 대단한 사람을 이기다니."

최지훈의 목소리를 조금 떨렸다.

마주한 눈동자도 흔들렸으나 나를 응시하려고 노력하는 듯했다.

"그런데 네가 가우왕과 작업을 함께한 앨범을 듣고 깨달았어. 가우왕의 피아노가 전보다 훨씬 멋있어졌다는 걸. 네 피아노랑 너무나 잘 어울리고 있다는 걸."

'좋은 결과물이었지.'

"너랑 싸운 뒤, 네게 인정받고 함께한 거야. 나도. 나도 너랑 그런 연주를 하고 싶어."

"……"

"나도 그럴 수 있다고 증명할 거야. 나도 훌륭한 피아니스트가 되어서 너랑 같이 음악을 할 거야."

친구의 말에 나는 아직도 내심 이 어린 친구에 대해 제대로 알지 못했음을 인정할 수밖에 없었다.

아버지의 강압으로.

그로인해 생긴 오기로 내게 도전하는 거라 생각했건만.

이 아이는 나와 다르다.

그런 환경 속에서도 흔들리지 않고 오로지 미래를 위해, 자신의 음악을 위해, 나아가기 위해 발버둥 친다.

그 발악은 고귀해 보이기까지 한다.

"한참 부족하다는 건 잘 알아. 하지만 이제 내가 받아들여야 할 일이야. 내가 피아니스트가 되기 위해서."

"넌 이미 피아니스트야."

"단순히 피아노를 친다는 의미가 아니야. 나는 좀 더!"

"그래. 나도 그런 뜻으로 말한 게 아니야."

내 말에.

최지훈이 울먹이기 시작했다.

"끄으윽. 나, 나도. 꼭. 너랑."

"그래."

"피아노가 좋아서 흐끄윽."

"그래."

"끄윽. 나도…… 피아니스트야?"

"그래. 어엿한 피아니스트야."

그 어떤 사람보다.

나이와 성별 그리고 시대를 아울러 나는 이보다 고귀한 정신을 가진 정직한 음악가를 보지 못했다.

강압적인 가정 분위기 속에서도 흔들림 없이 미래를 향해 나아가려는 이 어린 손을 어찌 잡아주지 않으리오.

그가 나를 새로운 목표로 두고 정진하고자 한다면 기꺼이 그를 위해 그리 할 것이다.

"그리고 다음부터는 목표라든가 그런 말 하지 마. 우리 둘 다 피아니스트이기 전에 친구잖아."

"도빈아아아아아앙!"

말하지는 않았겠지만.

분명 무슨 일이 있었던 것이다.

이 어린 영혼이 담아내기엔 너무나 힘든 일이었겠지만, 그것을 내게 전달하지 않으려고.

그럴 마음조차 없는 나의 벗을 위해 손가락을 걸었다.

"결선에서 보자."

"응. 끄윽. 꼭 결선에서."

홍승일에게 콩쿠르 참가 의사를 밝히니 그가 잔뜩 신을 냈다.

6월의 콩쿠르.

최선을 다해 최고의 무대로 장식할 생각이다.

벗에 대한 예우로써.

♪

"네?"

"6월에 전국 학생 피아노 콩쿠르가 있는데 운영위원회 측에서 연락이 왔어."

다음 날.

히무라가 내게 이상한 소식을 전했다. 잘못 들었기를 바라며 되물었는데 이번에는 박선영이 사실 확인을 해주고 말았다.

"아홉 살 심사 위원이라니. 엄청나잖아. 어머니랑 아버지도 기뻐하시겠다."

"아니."

"운영위원회도 국제 청소년 쇼팽 콩쿠르에 나갈 수 있는 티켓을 건 첫 콩쿠르다 보니 이것저것 신경 쓰는 모양이야. 홍보를 위해서 널 심사 위원으로 초청한 것 같아. 아, 그리고 홍보 대사로서도 활동해야 하는데, 한국음악협회에서 정한 거라 어지간하면 응하는 게 좋을 거야."

"아니 그게 아니라."

"하지만 기준이 있으니까 그건 꼭 지켜야 해. 콩쿠르는 콩쿠르만의 심사 기준이라는 것이 있으니까. 학생부다 보니 아무래도 기술의 정확성에 비중이 많을 거야. 아, 참고 자료도 함께 왔는데 같이 볼래?"

아니.

참가한다고.

결선에서 만나자는 약속 어제 했단 말이다.

"완벽해. 정말 대단하네. 역시 천재구나?"

"헤헤."

음악의 전당 아카데미에서 레슨을 마친 최지훈은 교사들이 평가하기에도 수준급이었다.

영재들만 모이는 이곳에서도 최지훈의 수준은 돋보였다.

이대로 노력하면 분명 이번에 처음 열리는 전국 학생 피아노 콩쿠르에서 좋은 성적을 올릴 수 있을 것 같았다.

"6월 콩쿠르에서도 잘할 수 있을 거야."

"1등할 수 있을까요?"

"음……. 힘들겠지만 전혀 무리는 아니지 않을까?"

교사의 말에 최지훈의 얼굴이 순간 밝아졌다가 이내 씁쓸하게 되었다.

이미 세계적 거장으로 버티고 있는 배도빈이 있었기에 이 정도로는 무리였다.

좀 더. 좀 더 연습해서 그와 동등하게 음악을 할 수 있을 때까지 정면으로 도전할 생각이었다.

"도빈이 때문에 어려울 거예요."

"도빈이? 배도빈?"

"네. 도빈이도 참가하거든요."

"그래? 이상하다?"

교사의 반응이 뭔가 이상해 최지훈이 그녀를 올려다보았다.

교사는 무엇인가를 생각하려는 듯 눈을 감았다가 결국 밖으로 나가 무엇인가를 들고 들어왔다.

"그래. 맞네. 지훈아, 여기 봐봐. 배도빈은 특별 심사 위원으로 되어 있는데?"

"?????"

최지훈이 눈을 똥그랗게 뜨고 제목과 심사 위원란의 배도빈의 사진을 번갈아 보았다.

"……"

"……"

최지훈과 집 앞 놀이터 그네에 나란히 앉았다. 어이가 없어 둘 다 고개를 삐딱하게 숙이고 흙만 보고 있은 지 오래다.

그러다 문득 최지훈이 욱했다.

"참가한다고 했잖아!"

"하려 했어!"

"그럼 왜 심사 위원이 된 건데?"

"몰라! 빌어먹을 영감탱이들. 지들 멋대로 오라가라 하잖아!"

"어, 영감탱이들!"

"그래. 망할 영감탱이."

"……."

한숨을 푹 내쉰 뒤 히무라에게서 들은 이야기를 최지훈에게 들려주었다.

"한국 음악 협회라는 곳에서 업무 협조를 요청했대. 어지간하면 들어줘야 한다고 해서 어쩔 수 없었어."

"업무 협조?"

"일 도와달라는 거래. 덕분에 난 웃기지도 않은 분장을 하고 사진을 찍어야 했단 말이야."

"그랬구나."

"그랬어."

홍보대사인지 뭔지 하는 바람에 전국에 붙여질 포스터에 화장을 하고 찍은 내 사진이 붙게 생겨 버렸다.

생각할수록 분하다.

"그럼…… 출전 못 하는 거야?"

"심사 위원이 참가하는 거 봤어?"

"아니."

"나도 못 봤어."

"……어른들 나빠."

"그래. 아주 빌어먹을 놈들이지."

"비, 빌어먹을 놈들."

"욕 잘하네. 더 해봐."

"나, 나쁜 놈들."

최지훈과의 미래를 걸고 다짐한 약속이 이틀 만에 무효가 되고 말았다.

To Be Continued